Contraste insuffisant

NF Z 43-120-14

S. de Cantelou,

Sans Nom

SANS NOM

PAR

Mme Sophie DE CANTELOU

Lauréat de plusieurs Académies littéraires

AVEC GRAVURES DANS LE TEXTE

ROUEN

MÉGARD ET Cie, LIBRAIRES-ÉDITEURS

BIBLIOTHÈQUE MORALE

DE

LA JEUNESSE

SÉRIE GRAND IN-8° CARRÉ

Cathédrale de Colmar.

SANS NOM

PAR

Mᵐᵉ Sᴏᴘʜɪᴇ DE CANTELOU

Lauréat de plusieurs Académies littéraires

AVEC GRAVURES DANS LE TEXTE

ROUEN

MÉGARD ET Cⁱᵉ, LIBRAIRES-EDITEURS

1893

Propriété des Éditeurs,

SANS NOM

I.

Le neveu de M. Schuster.

Une jeune femme vêtue de noir, portant dans ses bras un petit enfant soigneusement enveloppé dans un châle de couleur sombre, s'arrête, hésitante, devant la grille d'une propriété de riche apparence.

Par deux fois elle porte la main au bouton de la sonnette, par deux fois cette main retombe sans avoir sonné. Elle contemple tristement la maison, qui apparaît superbe au fond d'une allée de tilleuls, dont les branches ploient sous la charge de neige qui les couvre; puis, chancelante, elle s'assied sur la borne de pierre. La tête se penche vers l'enfant, qu'elle serre contre sa poitrine, et elle pousse un douloureux soupir. Puis son œil atone erre dans le vague ; elle ne paraît pas sentir la bise qui souffle impitoyablement et bleuit sa figure et ses mains décharnées.

Elle est tellement absorbée dans ses pensées, qu'elle n'aperçoit pas qu'un homme l'examine curieusement de l'autre côté de la grille.

Il peut avoir trente ans environ, il a une haute taille et un grand air. En le regardant attentivement, on s'aperçoit que son œil est dur, et que sa bouche, qu'une moustache clair-semée ne cache pas entièrement, a quelque chose de repoussant et de cruel.

Un frisson secoue la pauvre femme et la ramène au senti-ment de la réalité. Elle s'assure que le châle enveloppe toujours suffisamment son enfant, et fait un effort pour se relever ; mais elle est prise d'un accès de toux ; elle porte son mouchoir à sa bouche et l'en retire taché de sang.

— Allons, murmure-t-elle, du courage !

L'enfant fait entendre des gémissements. La mère essaye de le calmer en le berçant doucement ; c'est en vain : les cris du petit être redoublent.

Alors la jeune mère dégraffe son corsage et présente son sein à l'enfant. Mais la fatigue, la faim, la souffrance ont tari son lait. Le petit tire énergiquement, furieusement, et, ne sentant rien venir, se met à crier désespérément.

— Mon Dieu ! murmure la mère, comment le calmer ?... Hésiter davantage serait un crime, allons !...

Et elle se lève tout d'une pièce, après avoir recouvert la figure de l'enfant, que le froid avait déjà bleuie.

Soudain le regard de la jeune femme se porta sur celui qui l'observait, les pieds dans la neige, mais bien enveloppé dans un chaud pardessus.

Elle rougit sous la honte, et son cœur se mit à battre si fort, qu'elle fut obligée de se tenir à la grille pour ne pas tomber.

— Qu'est-ce que vous faites là ? lui demanda durement cet homme. Votre insistance à examiner la maison me paraît suspecte....

— Monsieur, dit doucement la jeune femme, c'est que je voudrais parler à M. Schuster. C'est bien ici qu'il demeure ?

— Lequel demandez-vous ? Car il y en a deux.

— C'est M. William Schuster père que je voudrais voir.

— C'est impossible.

— Je vous en prie ! supplia la jeune femme.

— C'est impossible, vous dis-je ! répéta l'individu avec humeur. Il est malade, très malade même, et, par ordre du médecin, sa porte est rigoureusement fermée aux visiteurs, quels qu'ils soient.

— Ah ! gémit la jeune femme, moi qui viens de si loin !... Voyons, monsieur, ne soyez pas impitoyable, faites une exception en ma faveur !

— Si c'est un secours que vous désirez, je vais vous le donner, ma pauvre femme.

— Ce n'est pas la charité que je demande, dit fièrement la jeune femme ; et, bien que je sois malade et sans asile, je ne veux rien pour moi....

— Oui, je comprends, dit l'homme en examinant d'un air sombre son interlocutrice, vous ne pourriez vous humilier au

point de descendre jusqu'à l'aumône, mais vous êtes mère....
Et qui donc vous a conseillé de vous adresser à M. Schuster?
Il est bien connu dans le pays pour son avarice et son peu de
charité, cependant! Qui êtes-vous?

— Je ne puis vous le dire, monsieur.

— Oh! alors, ma pauvre femme, vous pouvez vous retirer
comme vous êtes venue. Si je connaissais votre nom et le
motif qui vous amène, je pourrais peut-être, si cela en valait la
peine, transmettre à M. Schuster ce que vous avez à lui dire,
et peut-être consentirait-il à vous recevoir, malgré la défense
du médecin.

— Je ne sais si je ne mécontenterai pas M. Schuster en vous
faisant connaître ses affaires personnelles, répondit la jeune
femme.

— Je suis tout ici, ma pauvre femme; M. Schuster n'a rien
de caché pour moi, et il ne fait que ce qui me plaît.

— Alors vous savez qu'il a un fils?

— Qui s'appelle William comme son père, répondit l'homme.
Je sais aussi qu'il s'est marié malgré ce père, qui l'a maudit
ainsi que tous ses descendants. Et c'est justice!...

— Taisez-vous! dit la jeune femme avec énergie, taisez-vous!
N'insultez pas la mémoire de William! C'était un noble cœur,
monsieur, et cette malédiction injuste ne peut que retomber
sur celui qui l'a lancée!

— Ah! s'écria l'homme, je devine.... Vous êtes Victoria
Schmit, sa femme. Ah! vous êtes bien changée! Cependant, je
vous reconnais maintenant; je vous avais aperçue avec mon
cousin à plusieurs reprises avant votre départ du pays. Moi,
je suis son cousin,.... votre cousin Frédérick. Le pauvre garçon

a dû vous parler de moi plus d'une fois? Et il est mort? Quand
cela? Comment? Et où étiez-vous partis?

Frédérick parlait avec volubilité, en proie à une grande agitation, faisant les questions l'une sur l'autre, sans donner le
temps à la pauvre femme de lui répondre.

— Puisque vous êtes de la famille, dit la jeune femme, et que
mon pauvre William avait de l'affection pour vous, vous ne
refuserez pas de plaider la cause de son fils, que je tiens là,
dans mes bras, et qui se meurt de besoin, lui aussi. Il est innocent du chagrin que nous avons causé à son aïeul, auquel je
veux demander pardon à genoux. Allons, mon cousin, ouvrez-
nous cette porte.... Comment! vous hésitez!... Seriez-vous
sans pitié? Et laisserez-vous mourir à la porte de l'implacable
vieillard le rejeton de son fils unique? On secourt un chien à
l'agonie.... Et moi..., je me....

La jeune femme n'acheva pas; elle tomba raide près de cette
grille qu'on s'obstinait à laisser close devant elle. Son enfant
alla rouler à quelques pas dans la neige.

— Allons, se dit Frédérick, le danger que je prévoyais est
arrivé. Mais il vient à moi d'une façon qui simplifiera singu-
lièrement les choses. Je puis dire maintenant que la partie est
gagnée. Mais il ne faut pas que l'on aperçoive cette femme, je
vais donc l'entrer ici. Elle me paraît bien malade, je la crois
même disposée à m'épargner l'ennui de l'aider à aller rejoindre
son cher époux.... Quant au petit, il me sera facile de m'en
débarrasser. Mon bonhomme d'oncle est affligé d'une maladie
qui ne pardonne pas, ce n'est qu'une question de jours peut-
être. A moi donc les millions des Schuster!... J'entends un
bruit de voiture; vite, rentrons cette femme et sa progéniture.

Frédérick, ouvrant la grille, se précipita vers la jeune femme, qu'il enleva dans ses bras ainsi que son enfant. Chargé de ce fardeau, il traversa l'allée de tilleuls et gagna le parc. Là, il s'arrêta un moment pour reprendre haleine.

— Le diable est pour moi ! dit-il en ricanant ; je n'ai rencontré personne, ce qui m'aurait rudement ennuyé.

La neige s'était remise à tomber depuis un instant ; elle enveloppait déjà ce groupe comme d'un véritable linceul.

Frédérick regarda la jeune femme, dont les paupières étaient closes, et dont la lividité était si grande, qu'elle semblait morte.

— Ah ! mais non, dit-il, pas encore ! Il me faut le temps d'aviser.

Il reprit sa course et arriva bientôt à un pavillon de chasse, situé au milieu du bois. Ce bâtiment se composait de trois pièces : une salle et une cuisine au rez-de-chaussée, une chambre au premier et unique étage.

Le hasard le servait en toutes choses ; la porte n'était pas fermée à clef. Il monta au premier étage et déposa la jeune femme sur le lit. Puis, jetant dans la cheminée une brassée de branches sèches et de gros bois, il y mit le feu.

Couvrant soigneusement la malade et son enfant, il s'assit en attendant l'effet de la bienfaisante chaleur qui déjà se faisait sentir dans la chambre. Après un quart d'heure d'attente, la jeune femme ouvrit les yeux. Elle regarda curieusement autour d'elle, surprise, craintive, se demandant où et comment elle se trouvait là.

Frédérick s'approcha du lit ; elle le reconnut.

— Mon enfant ? demanda-t-elle d'une voix si faible, que Frédérick comprit plutôt qu'il n'entendit.

— Il est là, près de vous, répondit-il. Vous sentez-vous mieux, ma pauvre cousine?

— Oh ! je souffre, murmura-t-elle en portant une main à sa poitrine.

— Vous avez besoin; voilà, je crois, votre plus grande maladie, dit Frédérick. Je vais courir jusqu'au château chercher tout ce qui vous est nécessaire, ainsi qu'à votre enfant.

— Merci, répondit la jeune femme en attachant sur Frédérick un regard scrutateur.

Celui-ci, malgré sa scélératesse, se sentit tellement troublé par ces yeux brillants, profonds, qui semblaient aller chercher la pensée jusqu'au fond du cœur et en sonder les replis les plus cachés, qu'il s'y déroba en allant jeter du bois dans le feu.

— Vous n'êtes sincèrement pas fâché de la venue de l'héritier de M. Schuster? demanda Victoria.

— Pourquoi le serais-je ? répondit Frédérick.

— C'est que..., c'est que.... Je ne sais comment vous dire cela, dit Victoria.

— Je vais vous aider, répondit Frédérick. Je suis le plus proche parent de M. Schuster, et, en conséquence, son héritier, s'il n'avait plus d'enfant ni petits-enfants. Alors vous vous êtes imaginée que j'avais une âme assez vile, assez vénale, pour voir d'un mauvais œil celui qui venait subitement renverser mes prétendues espérances ! Ah ! c'est mal, ma cousine, c'est bien mal.

Frédérick prononça cette dernière phrase d'un accent ému, en portant la main à ses yeux, comme pour essuyer une larme furtive.

— J'ai aimé William, ajouta-t-il; recueilli par son père, à la

mort de mes parents, nous avons grandi ensemble comme
deux frères. J'étais absent lorsque votre mariage s'est
accompli ; j'ignorais ce qui s'était passé et n'ai rien pu faire,
à ce moment opportun, pour rapprocher le fils du père. Depuis,
je n'ai pas cessé de plaider sa cause, sans succès, il est vrai,
mais sans désespérer. Qu'il soit le bienvenu, cet enfant de mon
pauvre William ! Je le remplacerai près de lui, j'en fais le
serment.

— Je vous avais mal jugé, dit la jeune femme, pardon !

— Je ne saurais vous garder rigueur, répondit Frédérick,
mais il faut avoir foi en moi. Comme je vous l'ai dit, votre
beau-père est très malade, et je dois le préparer à pouvoir
apprendre votre arrivée, sans danger pour sa vie. Je laisserai
donc ignorer, jusqu'à nouvel ordre, votre présence ici. Pour
ceux qui, pour une raison ou pour une autre, seraient intro-
duits ici par moi, vous êtes une étrangère que j'ai recueillie.
C'est convenu, n'est-ce pas ?

— Je ferai tout ce que vous voudrez, répondit Victoria en
retombant épuisée sur l'oreiller.

Frédérick sortit, non sans avoir fermé la porte à clef derrière
lui.

Son plan était arrêté.

Il revint au bout d'une heure à peine, apportant du vin, du
bouillon, et une bouteille de lait.

Le bébé était attaché au sein vide de sa mère et se pâmait de
besoin.

Elle, l'œil brillant de fièvre et enfoncé dans un profond cercle
noir, semblait inanimée.

Frédérick enleva l'enfant et fit boire à la pauvre mère

quelques gouttes de bouillon, qui parurent la ranimer. Il lui donna la bouteille de lait et posa l'enfant près d'elle.

— Oh ! merci, dit-elle.

Et elle essaya de faire boire l'enfant. Elle n'y put parvenir, tant elle était faible.

Alors, Frédérick prit le petit et le fit boire, ce dont il s'acquitta si bien, que, bientôt gorgé, repu, il s'endormit.

La jeune mère regardait d'un œil attendri.

— Que vous êtes bon ! dit-elle.

— Ecoutez, ma pauvre cousine, voilà ce que je vous propose dans l'intérêt de ce petit, dit Frédérick. Il est urgent de lui donner une nourrice. Vous êtes malade et épuisée ; vous ne pouvez, sans danger pour votre vie et pour la sienne, le nourrir de votre lait. Une de nos fermières, qui a un tout jeune enfant qu'elle allaite, ne me refusera pas de s'en charger, car elle m'a quelques obligations. Je réponds de cette femme ; on peut en toute assurance lui confier l'enfant. Le voulez-vous ?

— Oui, je sens qu'il le faut, répondit la jeune mère.

— J'y cours alors, dit Frédérick ; il ne faut jamais différer l'exécution d'un bon projet.

— Je vous le confie, dit-elle, encore hésitante ; soyez un père pour lui. C'est une mère mourante qui implore de vous, pour celui qui sera bientôt orphelin, tendresse et protection. Si le grand-père le repousse, promettez....

Un accès de toux interrompit la pauvre mère, elle eut un vomissement de sang.

— Je cours chercher un médecin, dit Frédérick en posant l'enfant sur les pieds du lit ; je m'occuperai du petit après.

— Non, dit-elle d'une voix faible, lui d'abord.

— Je le voulais aussi, pensa Frédérick en réprimant un sourire. Vous l'exigez? demanda-t-il.

— Oui, oui, fit-elle suppliante.

Alors Frédérick enveloppa l'enfant dans le châle, le prit dans ses bras et sortit.

— Où vais-je cacher ce marmot? se demanda-t-il. Il serait bien facile de m'en débarrasser à tout jamais.... Je pourrais être aperçu, sans m'en douter, et cela m'exposerait à des ennuis. Je veux jouir en paix des millions du vieil oncle! Ce grenier à fourrage serait un lieu sûr, dit-il en arrivant à un vaste bâtiment contigu aux écuries. La journée s'avance, le service des chevaux est fait, personne ne viendra de ce côté. Je reviendrai ce soir reprendre le précieux dépôt que je vais confier à quelque botte de foin.... Si je ne me trompe, le marmot sera bientôt tout à fait orphelin. C'est pour le mieux, car elle m'embarrasserait passablement, cette femme.

Il monta l'escalier extérieur du grenier et déposa le petit entre deux bottes de foin.

Le châle s'était ouvert et laissait apercevoir le superbe bébé blanc et rose, potelé, beau comme un ange. Ses deux grands yeux bleus, bordés de longs cils noirs, étaient fixés sur Frédérick. Celui-ci frissonna de la tête aux pieds; il lui semblait voir le regard sévère de William, ce compagnon de jeux; William, dont le père l'avait accueilli lorsque, orphelin, pauvre, il était abandonné de tous.

Ce regard clair le fascinait, allait à son cœur comme une pointe d'acier, et il était là debout, comme un coupable, devant le petit être dont il ne pouvait détacher ses yeux.

— A un chien qui vous importune, on donne un coup de pied, pensa-t-il.

Mais il ne le leva pas, ce pied; car une fibre vibrait en ce cœur mauvais, et lui inspira la pensée de prendre le bébé et de le porter au vieux Schuster en lui disant : Voici votre enfant, votre héritier !...

Son héritier !...

Ce mot, inspiré, soufflé sans doute par le génie du mal, réveilla toutes ses convoitises.

Il se retourna brusquement pour échapper à ce regard, à ce sourire si joli, à ces bras tendus vers lui. Il ramena le châle sur tous ces charmes attirants, et sortit du grenier.

Il se mit à courir comme un fou.

En arrivant au pavillon de chasse, il trouva la jeune femme inanimée sur le plancher. Il la remit sur le lit et essaya d'introduire entre ses dents serrées quelques gouttes de vin. Il dut y renoncer bientôt. Il posa sa main sur le cœur de la malade ; il battait encore, mais très faiblement; son pouls était à peine perceptible. Il sourit. Alors il se mit à frapper dans ses mains, il lui passa un linge mouillé sur la figure, lui fit respirer des sels.

Soudain la malade se dressa sur son séant, ouvrit démesurément les yeux et la bouche, de laquelle se mirent à sortir des flots de sang. Puis elle retomba sur l'oreiller, eut deux hoquets, poussa un soupir, le suprême, le dernier !

L'hémorragie l'avait tuée aussi sûrement que l'eût fait la haine de cet homme, dont le cœur ne battait que pour l'or.

— C'est fort ennuyeux, dit-il; il y a bien des détails que j'aurais voulu connaître. Quand et comment est-elle arrivée

2

en France? A-t-elle communiqué avec quelqu'un? A-t-elle de la famille, des amis? Est-elle venue avec des bagages, et où sont-ils? Ne renferment-ils pas des papiers compromettants pour moi, l'acte de naissance de son fils, par exemple? Voyons si ses poches renferment quelque chose d'intéressant pour moi.

Il vida les poches de la défunte; il y trouva un portefeuille renfermant l'acte de naissance de l'enfant, auquel on avait donné le nom de Fritz; l'acte de mariage des époux; un passe-port délivré à Québec à la veuve Schuster, née Victoria Schmit, et une lettre adressée à M. Schuster père.

Frédérick rompit les cachets de cire qui devaient la rendre inviolable, et lut ce qui suit :

« Cher et vénéré père,

« Je vais mourir. A ce moment suprême, je viens te demander pardon du chagrin que je t'ai causé.

« Tu ne peux avoir chassé à jamais de ton cœur celui que tu as élevé avec tant de tendresse. Aie pitié, car il va quitter la vie loin de sa patrie, sans avoir la consolation de recevoir le baiser de miséricorde que tu ne saurais lui refuser.

« Ma femme te remettra cette lettre, et, à deux genoux, notre fils dans ses bras, elle attendra.

« Grâce pour elle aussi, la pauvre femme, qui a tant souffert! Sa santé est altérée au point de me donner des inquiétudes, car mon petit Fritz n'a qu'elle au monde. Tu ne voudras pas, père chéri, que ce pauvre innocent supporte les fautes de ses parents; tu lui ouvriras tes bras, et tu reporteras sur lui tout l'amour que tu as eu pour moi.

« C'est dans cette croyance que je partirai, dans quelques
jours peut-être, sans une pensée de révolte contre ma triste
destinée.

                    « Ton fils repentant,

                        « William Schuster. »

— Allons, dit Frédérick en allant vers la cheminée, au feu
l'acte du petit et la lettre du père ! C'est bien, ajouta-t-il en
dispersant avec les pincettes les cendres de ces papiers. Main-.
tenant, allons chercher du secours.

Il se dirigea vers le château.

— Francis, dit-il au jardinier, homme dans lequel il avait la
plus grande confiance, allez chercher le médecin.

— Monsieur serait-il plus mal ? demanda Francis.

— Je ne le crois pas.

— Qu'y a-t-il donc ? demanda le domestique, qui avait toute
liberté avec son maître, dont il était l'âme damnée.

— Ah ! c'est toute une histoire, mon pauvre Francis.
Figurez-vous que j'ai trouvé une femme dans le parc ; elle
était étendue dans la neige, ne donnant plus signe de vie. Je
l'ai transportée dans le pavillon de chasse, je l'ai couchée, j'ai
essayé de la rappeler à la vie, hélas ! sans résultat. Elle est
morte d'une hémorragie, sans avoir prononcé une parole.

— Je comprends maintenant pourquoi vous avez demandé
du bouillon, dit Francis. Je me doutais qu'il se passait quelque
chose d'anormal. Si vous m'en croyez, mon cher maître, j'en-
verrai un autre chercher le médecin ; et moi, je ferai la faction
autour du grenier à fourrage, pour empêcher les indiscrets
de venir mettre leur nez par là.... et surtout leurs oreilles....

— Comment ! vous avez été par là ?...

— J'ai tout vu ; et ce que je ne sais pas, je l'ai deviné. Cela ne peut vous tourmenter, mon cher maître : vous savez que je vous suis tout dévoué.

— Vous m'en avez donné assez de preuves, Francis, pour que je n'en doute pas. J'espère pouvoir bientôt vous récompenser comme vous le méritez.

— Ne parlons pas de cela, répondit Francis. Je cours faire ma faction.

Frédérick donna quelques ordres aux domestiques et monta dans la chambre de son oncle.

Au milieu d'un appartement magnifiquement meublé, était le lit dans lequel le vieillard attendait la mort. Atteint d'un catarrhe pulmonaire, compliqué d'une affection cardiaque, auxquels ses quatre-vingts ans ne pouvaient longtemps résister, sa mort était imminente.

— Vous me voyez tout bouleversé, mon bon oncle, dit Frédérick en s'asseyant auprès du lit du vieillard. Je viens d'apprendre une nouvelle à laquelle je ne m'attendais guère.... et je viens de voir une personne dont la vue m'a fait bien du mal.

— Ah ! dit M. Schuster en se soulevant difficilement, tu as reçu des nouvelles de William ? Je le sens à mon cœur, qui bat à coups redoublés ! Et cela t'a bouleversé, dis-tu ? Lui serait-il arrivé malheur ?... Parle, mais parle donc ! Tu me fais mourir !

— Comment voulez-vous que je m'y décide, mon oncle, en vous voyant en cet état pour de simples suppositions ? Votre vie m'est chère, je dois écarter tout ce qui pourrait y porter atteinte ; aussi attendrai-je que vous soyez plus calme pour parler.

— William est mort!... dit M. Schuster, je le sais bien, va!
Est-ce qu'un père ne devine pas?... Ah! c'est que je l'aimais
toujours, mon William. Et plus j'approche de la tombe, plus
je me reproche ma dureté à son égard. Après tout, était-ce un
crime que de vouloir donner son nom à une jeune fille char-
mante sans fortune? Il m'a résisté, le cher enfant, et il l'a
épousée. Eh bien! à sa place, j'en eusse fait peut-être autant, à
son âge! Est-ce que je n'étais pas assez riche pour que mon fils
se payât cette fantaisie?.,. Et je ne lui ai pas pardonné! je l'ai
laissé souffrir et mourir!... Ce remords le vengera, je mourrai
comme un maudit!

— Mon pauvre oncle, soupira Frédérick, la figure dans ses
mains et le corps secoué par les sanglots, que n'avez-vous cédé
à ma prière?...

— Tu es un bon, un noble cœur, Frédérick; oui, j'aurais dû
t'écouter. Ah! mon fils! mon William!

Le vieillard eut une crise de larmes. Frédérick lui prit la
main et répéta à plusieurs reprises:

— William, mon ami! mon frère!... Elle est là, elle! dit-il
brusquement, la cause de tout le mal! la malédiction de notre
maison!

Et il raconta au vieillard stupéfait ce qui s'était passé, sans
parler de l'enfant. Il remit l'acte de décès au pauvre père.

On eût dit que la raison du vieillard avait sombré sous ce
coup, il dodelinait de la tête en répétant:

— Il était beau, mon William, et je l'aimais! Oui, je
l'aimais!... Et il est mort, et je ne le verrai plus!...

— Que devons-nous faire de la malheureuse? demanda Frédérick, qui trouvait que cette scène se prolongeait beaucoup.

— Mon devoir est de ne pas négliger tes intérêts, Frédérick. Mon fils est mort, tu es l'héritier de mes biens, il faut que mes affaires soient en règle. Occupe-toi de faire apporter le corps de cette maudite Victoria, et fais constater le décès ; tu t'occuperas ensuite de l'inhumation et de toutes les formalités ; je ne veux pas en entendre parler davantage.

— Je ferai ce que vous désirez, mon oncle, tout pénible que cela soit pour moi. Francis fera la veillée près de vous, car j'ai besoin de m'absenter pour hâter l'enlèvement de celle à qui nous devons la plus grande douleur qui puisse nous atteindre.

Frédérick donna les ordres nécessaires aux domestiques et attendit la venue du médecin, qui ne tarda pas à arriver. Il constata que Mme veuve Schuster avait succombé à une hémorragie pulmonaire. On coucha la morte dans une des chambres du château, et une servante s'installa à son chevet pour la veillée mortuaire.

La nuit était venue, elle était obscure, et la neige tombait à flocons serrés.

Frédérick sella son meilleur cheval, se couvrit d'un grand manteau, d'un chapeau à larges bords.

— Je lui ai donné à boire, dit Francis en lui présentant l'enfant, car il criait à réveiller les morts !...

Frédérick lui serra la main, cacha le pauvre bébé sous son manteau, monta à cheval et disparut bientôt aux regards de son complice, aussi scélérat que lui.

II.

L'Alsace.

Avant de continuer mon récit, je vais, jeunes lecteurs, vous parler de l'Alsace, cette province qui, ainsi que la Lorraine, nous a été enlevée par la Prusse, en 1870.

Je veux vous faire connaître toute l'importance de cette perte, afin que vos cœurs se préparent et aspirent à l'honneur qui vous est peut-être réservé, lorsque vous serez des hommes : rendre à notre chère France cette partie d'elle-même, qu'elle pleure amèrement.

Je veux que vos regards ne se portent plus sur ce coin regretté de la carte de France, sans que vos cœurs ne battent à la pensée que, plus heureux que vos aînés, vous entendrez sonner cette heure attendue par tous : celle de la revanche!

Qui sait si vous qui me lisez en ce moment, petit garçon, ne serez pas un des héros de cette lutte grandiose, où le vaincu d'hier sera le vainqueur du jour ?

L'Alsace, en allemand *Ellsatz*, ainsi nommée de l'Ell qui la baigne, est une ancienne province de France, à l'angle N.-E., entre la Lorraine, la Franche-Comté et les frontières de Suisse et d'Allemagne. Elle avait pour capitale Strasbourg. Elle formait les départements du Haut-Rhin et du Bas-Rhin.

Quelques rameaux du Jura et des Vosges forment au midi et à l'occident la région montagneuse du Haut-Rhin. Les Vosges projettent d'assez hautes sommités que leur forme arrondie a fait appeler ballons ; de ces plus importantes cimes on aperçoit le ballon d'Alsace et celui de Guebwiller, qui a 1,433 mètres de hauteur.

La partie occidentale, formée par le fleuve, arrosée par l'Ill, la Birse, quelques autres petites rivières, et le canal de Monsieur, est une longue plaine.

Dans les deux régions se trouvent des forêts, des vignes et des champs fertiles. L'agriculture y est arrivée à un grand degré d'avancement. Partout de superbes prairies artificielles offrent une nourriture abondante aux bestiaux ; partout de riches vergers produisent d'excellents fruits ; partout, enfin, on cultive le merisier, dont le fruit sert à fabriquer le kirsch-wasser estimé.

Le nombre de chevaux et de bêtes à cornes répond à la richesse de la culture ; cependant le territoire ne nourrit pas assez de moutons et ne produit pas assez d'avoine et de blé pour la consommation locale.

C'est donc en grande parties aux usines, qu'alimentent ses

mines de cuivre, de fer et de plomb, ses forêts et ses houil-
lères, et aux fabriques de tissus de laine et de coton, que le
département doit son importance et sa prospérité.

Nous allons dire quelques mots sur les principales villes de
l'Alsace, et nous placerons en tête Belfort, seule partie qui
nous reste, d'après le traité de Francfort (10 mai 1871), du
département du Haut-Rhin. Elle avait été cédée à la France
par l'Autriche en 1648.

Un roc au pied des Vosges servit, à l'époque du régime féo-
dal, de base à un vieux château, que sa position a fait appeler
Bel-Fort; une petite ville du même nom, mais que l'on écrit
Belfort ou Béfort, s'éleva à la première base de ce roc.

Le rocher qui domine la vieille forteresse offrait de si grands
avantages comme position militaire, que Vauban, en 1688,
l'entoura de fortifications.

En 1821, sous la Restauration, une conspiration, ayant
pour chef le colonel Caron, eut lieu dans cette ville et fut bientôt réprimée.

L'arrondissement de Belfort a neuf cantons : Thann, Saint-
Amarin, Cernay, Giromagny, Dannemarie, Detle, Massevaux, Fontaine, plus Belfort.

Belfort est une ville bien bâtie; quelques-unes de ses rues
sont longues et tirées au cordeau. Ses casernes sont belles; on
y respire un air pur. La Savoureuse, qui coule au pied de ses
murs, sert de moteur à de nombreuses usines. Elle a des
papeteries, chapelleries, brasseries, tanneries, forges. Elle fait
le commerce de grains, vins, eaux-de-vie, horlogerie, métaux.

Le même arrondissement possède plusieurs localités indus-
trieuses : Massevaux ou Masmunster, ville de trois mille

habitants, renferme une importante filature de coton. Cernay, qui compte deux mille âmes de plus, possède aussi des filatures, ainsi que des fonderies et des manufactures de toiles peintes.

Altkirch est une ville sans importance, c'est le chef-lieu d'une sous-préfecture.

Huningue est située sur la rive gauche du Rhin; c'était en 1814 une jolie place de guerre, fortifiée par Vauban. L'invasion de 1815 fut la cause de sa ruine. Elle a été le théâtre d'une des glorieuses scènes de carnage qui ont signalé cette désastreuse époque de notre-histoire. Bloquée par 25,000 Autrichiens, et défendue par 940 hommes, sous les ordres du général Barbanègre, ce ne fut qu'après douze jours de tranchée, ce ne fut qu'après avoir perdu la moitié de ses défenseurs qu'elle capitula avec tous les honneurs de la guerre. Quel fut l'étonnement du vainqueur, lorsqu'il vit défiler cette poignée de braves composée de 90 hommes valides et d'une trentaine de blessés! Maître de la ville, il s'empressa d'en détruire les fortifications, et n'épargna pas même le tombeau érigé, en 1803, par Marceau au général Abatucci, comme s'il eût voulu se venger sur les morts de la noble résistance de quelques vivants.

Mulhausen ou Mulhouse est le centre de la fabrication du Haut-Rhin; on y compte environ treize filatures de coton et de laine, onze fabriques de drap, dix-sept de mousseline et de cotonnades, dix de toiles peintes, des fabriques de maroquin, des tanneries et des fonderies.

Elle se divise en vieille et en nouvelle ville.

La première est bâtie sur une île formée par la rivière de l'Ill et le canal de Neuf-Brisach; elle se compose de rues irré-

Une vue de Mulhouse.

gulières, mais larges, propres, garnies de jolies maisons; elle est ornée de beaux édifices, dont les plus remarquables sont l'hôtel de ville et l'église réformée.

La nouvelle ville, au sud de l'ancienne, s'étend de la droite de l'Ill au canal de Monsieur. Ses rues sont tirées au cordeau et bordées de trottoirs. Une place triangulaire, entourée de portiques soutenus par des colonnes, en occupe le centre. Toutes les maisons de cette place sont construites avec élégance; le principal édifice qui la décore est le casino.

Mulhouse est la patrie du mathématicien Lambert, dont on a donné le nom à une petite place de la vieille ville, qui est ornée d'une colonne érigée en son honneur.

Dans l'arrondissement de Colmar, nous pourrions citer sept ou huit petites villes importantes par leurs fabriques :

Kaiserberg, entourée de murailles et bien bâtie.

Ribeauville, où l'on voit encore les ruines de l'ancien château de Ribeaupierre.

Munster, qui fait un bon commerce de toiles peintes et de kirsch.

Rouffach, dominée par le château d'Isenbourg, qu'habitèrent plusieurs de nos rois de la première race.

Soultz, qui fabrique spécialement des rubans de soie.

Guebwiller, qui, outre des filatures et des fabriques de cotonnades, possède une raffinerie de sucre et fabrique des clous et des étrilles.

Sainte-Marie-aux-Mines, entourée de gisements métalliques, dont plusieurs sont exploités.

Neuf-Brisach, bâtie par Louis XIV et fortifiée par Vauban; elle n'est importante que comme place de guerre. Elle n'offre à l'extérieur qu'un octogone régulier de bastions qui cache les maisons peu élevées et toutes de la même hauteur.

Ensisheim, jolie ville entourée de murailles et de fossés; son principal édifice est l'ancien collège des Jésuites, transformé en maison centrale de détention.

Colmar. L'opinion la plus accréditée chez les antiquaires place la cité gauloise d'*Argentuaria* à une demi-lieue de Colmar; elle ajoute même que de ses ruines les Romains bâtirent la forteresse de Columbaria, que détruisit Attila. On a retrouvé, il est vrai, au village d'Harbourg l'enceinte d'un *castrum;* mais dans Colmar même, rien ne rappelle l'époque de la domination romaine. Elle n'était qu'un hameau sous le règne de Charlemagne; ce n'est qu'en 1220 que l'empereur Frédéric II l'entoura de murailles et l'érigea en cité. Au xive siècle, elle figura comme cité impériale, et bientôt après comme capitale de la haute Alsace. En 1632, pendant la guerre de Trente Ans, les Suédois s'en emparèrent. Louis XIV la prit et la rasa en 1673. Elle fut enfin réunie à la France par le traité de Ryswick, en 1697, et devint la résidence du conseil souverain de Alsace. Mal bâtie, rues étroites; on y remarque cependant l'hôtel de ville et la cathédrale.

L'arrondissement de Colmar a 13 cantons : Andolsheim, Ensisheim, Guebwiller, Kaisersberg, Sainte-Marie-aux-Mines, Munster, Neuf-Brisach, la Poutroye, Ribeauville, Rouffach, Soultz, Wintzenheim, plus Colmar. Cet arrondisment se compose de 142 communes, dont la population est de 198,403 habitants.

Colmar tient un rang important parmi les villes les plus riches de l'ancienne Alsace.

Une vue de Neuf-Brisach.

Voilà, en résumé, l'importance du département du Haut-Rhin.

Quelques mots, maintenant, sur le département du Bas-Rhin.

Borné, comme le précédent, à l'orient par le cours du Rhin, à l'occident par une partie de la chaîne des Vosges, le département du Bas-Rhin est couvert de coteaux, de forêts, de prairies et de terres de la plus grande richesse.

Aux trésors de l'agriculture et de quelques mines, il joint celui d'une industrie variée, et met à profit les avantages que lui offrent un grand nombre de routes et de cours d'eau navigables.

En un mot, le département du Bas-Rhin possède tant d'éléments de prospérité, qu'il était, de tous les départements de France, celui qui offrait l'accroissement le plus rapide dans la population.

La première ville que l'on traverse en quittant le territoire de Colmar, et en suivant le cours de l'Ill, c'est Schelestadt.

Les Vosges, que l'on voit sur la gauche, les vieux châteaux en ruines qui s'élèvent çà et là sur quelques-uns de-leurs sommets, les vignobles qui dominent une multitude de riches villages, les forêts qui s'étendent sur la droite de la rivière, les belles prairies qui bordent sa rive gauche, forment un magnifique paysage.

Cette ville, chef-lieu de sous-préfecture, était jadis la troisième des dix villes impériale de l'Alsace. Son antiquité est incontestable : elle était, sous les Romains, l'une des plus importantes cités des *Tribocci,* et portait le nom d'*Elsebus,* dont on retrouve la trace dans le petit village d'Ell, que l'on voit à peu de distance de ses murs.

Sous les Carlovingiens, elle était considérable, puisque Charlemagne y célébra la fête de Noël en 776, et que Charles le Gros y faisait quelquefois sa résidence.

C'est du x° siècle que date sa décadence. Au xiii° siècle elle eut beaucoup à souffrir pendant la guerre de Trente Ans et jusqu'à la réunion de l'Alsace à la France.

Cette jolie ville occupe l'emplacement de l'ancienne Elsebus, détruite par Attila. C'est là que fut inventé le vernis à poterie à la fin du xiii° siècle. C'est une cité industrieuse et commerçante.

L'arrondissement de Schelestadt a huit cantons : Barr, Benfeld, Erstein, Markolsheim, Obernay, Rosheim, Villé, Schelestadt.

Ces cantons se composent de 114 communes, peuplées de 134,887 habitants.

Barr est une ville industrieuse et commerçante. Aux environs est une grande forêt, dite forêt de Barr, et une source minérale tiède, dite de Saint-Ulrich.

Benfeld, sur l'Ill, a une filature de coton, et fait le commerce de grains, de chanvre et de tabac.

Erstein, sur l'Ill, est remarquable par son commerce de tabac.

Markolsheim, Obernay, Rosheim, Villé, possèdent des forges, des usines et des fabriques de bonneterie.

Nous citerons aussi un village de cet arrondissement, Klingenthal, agréablement situé au pied de collines couvertes de sapins; il est important par sa manufacture d'armes blanches,

Une vue de Schelestadt.

où l'on fabrique des damas qui rivalisent avec ceux de Syrie.

Laissons sur notre gauche Mistzig et Moltzen ; deux petites villes, dont la première est connue par ses armes à feu, et la seconde par son excellente quincaillerie, ses papeteries et ses tissanderies. Dirigeons-nous, en admirant sa légèreté, vers la flèche de la cathédrale de Strasbourg, haute de 437 pieds, ce chef-d'œuvre d'architecture gothique, qui a été si maltraité par les bombes prussiennes en 1870. L'horloge est remarquable par son étonnante complication ; elle représente le mouvement de notre système planétaire et des constellations.

Strasbourg, dans laquelle on entre par sept portes, est entourée de fortifications et défendue par une citadelle qui fut construite par Vauban. Elle est traversée par l'Ill, que l'on passe sur plusieurs ponts de bois.

L'église de Saint-Thomas, bâtie au vii° siècle, renferme le tombeau du maréchal de Saxe.

Le plus bel édifice, après la cathédrale', est le château royal, où réside l'évêque. Les arts, les sciences et les lettres sont cultivés depuis si longtemps à Strasbourg, qu'il n'est pas étonnant que le nombre de savants et de littérateurs distingués que cette ville a produits soit considérable.

Strasbourg possède des filatures, des fabriques de produits chimiques, des manufactures de tabac, des peausseries. Son commerce est considérable avec l'Allemagne, Paris et Lyon.

Sur le Rhin, tout près de Strasbourg, est le pont de Kehl, qui mène de ce territoire, jadis français, dans le grand-duché de Bade.

Strasbourg fut, dit-on, fondée par Drusus, frère de Tibère, sur le territoire des *Tribocci.* Les Romains la comprirent dans

la première Germanique. Elle ne prit qu'au VI° siècle son nom
moderne. Brûlée en 1002 par le duc de Souabe, elle fut rebâtie
en 1025 par l'évêque Werner. Après diverses révolutions, elle
devint ville impériale en 1205 et entra dans diverses ligues
avec les villes souabes. Elle fut des premières à embrasser le
protestantisme, mais en le modifiant.

Louis XIV s'empara de Strasbourg, en pleine paix, par
surprise; ce fut une des causes de la guerre de Ryswick.

Jusqu'à la Révolution, Strasbourg garda de grands privi-
lèges et un gouvernement municipal. Cette ville fut le théâtre
du premier complot de Louis-Napoléon.

L'arrondissement de Strasbourg a 12 cantons : Bischwei-
ler, Brumath, Geispolzheim, Haguenau, Molsheim, Schil-
tigheim, Truchtersheim, Wasselonne, Strasbourg, qui compte
pour quatre.

Cet arrondissement se compose de 162 communes, peuplées
de 218,339 habitants.

Toutes ces villes ont un commerce très actif, et possèdent
des filatures de laine, des manufactures de draps, d'indienne,
des fabriques de savon, de papier, de bonneterie; on y fabrique
de l'acier fondu et laminé, des ressorts d'horlogerie, des faux,
des fleurets; on y cultive le chanvre.

Haguenau, qui compte plus de dix mille habitants, mérite
une mention spéciale. Elle fut fondée par Frédéric-Barbe-
rousse, et fut comprise parmi les villes impériales de l'Alsace.
Les terres sablonneuses de ses environs produisent une grande
quantité de garance, dont elle expédie chaque année plus de
deux millions de kilogrammes. Elle renferme des tanneries,
des brasseries, des faïenceries, une savonnerie, quatre corde-

Cathédrale de Strasbourg.

ries, une filature de coton, une fabrique de percale, deux de drap et de siamoise, deux de goudron, six moulins à huile et des moulins à garance.

La petite ville de Saverne, située sur les dernières pentes des Vosges, est assez bien bâtie; elle est fertile en vins. Elle est dominée à l'ouest par la côte qui porte son nom, au sud-ouest par les ruines du Haut-Barr, château du xiie siècle. Son origine romaine est incontestable; elle tire son nom de *Tabernæ*, réunion d'hôtelleries qui se trouvaient sur l'emplacement qu'elle occupe, et qui servaient de lieu d'étape entre Strasbourg et Metz.

Bouxwiller est une ville industrieuse, située au pied des montagnes. On exploite dans son voisinage des terrains riches en sulfate de fer.

L'arrondissement le plus septentrional qui terminait la France à la Bavière, renferme quelques lieux importants.

Soultz-sous-Forêts est remarquable par ses vins, les meilleurs du département; par ses terrains imprégnés de bitume et recélant des veines de houille, et par sa source salée qu'on exploite.

Seltz possède une source minérale bien connue.

Niederbronn est une petite ville connue pour ses filatures de laine et pour ses usines, où l'on fabrique des essieux de fer, ainsi que divers objets pour le service de l'artillerie; différentes pièces de mécanique et de la poterie en fonte.

Wissembourg, sur la Lauter, était une ville importante par sa situation sur notre frontière du nord. Ses lignes de fortifications sont célèbres dans les guerres qui se sont succédé depuis Louis XIV jusqu'en 1815. On la croit une des plus anciennes cités des *Sébusiani*. Son industrie se réduit à des tanneries et à des fabriques de toiles et de faïence.

Maintenant, résumons en quelques mots l'histoire de l'Alsace.

L'Alsace fit partie du royaume d'Austrasie et appartint aux rois de France jusqu'au xᵉ siècle. L'empereur Othon Iᵉʳ s'en empara; Othon III l'érigea en landgraviat. La maison d'Autriche se l'appropria depuis.

Elle fut réunie à la France sous Louis XIV, en 1648.

Strasbourg, Ferrette, et d'autres villes, ne furent réunies que plus tard et après la paix de Nimègue.

Mulhouse n'appartint à la France que depuis 1792.

D'après cet aperçu sommaire, vous pouvez vous rendre compte, jeunes lecteurs, de l'importance de la perte que nous avons faite.

Ajoutez à cela que les Alsaciens, malgré les efforts que nos ennemis ont faits pour nous arracher de leur cœur, sont restés attachés au pays qu'ils considèrent toujours comme leur patrie; ils attendent, eux aussi.... Souvenez-vous!...

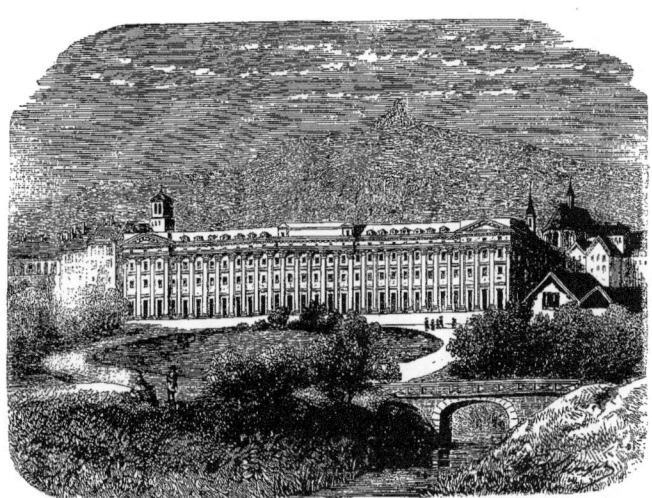

Château de Saverne.

III.

Elle, Lui.

Elle peut avoir soixante ans environ, la bonne Mme Streicher ; ses traits sont grossiers ; on voit qu'elle n'a dû jamais
être jolie ; mais il y a dans sa physionomie quelque chose qui
attire, qui dispose en sa faveur. On devine qu'elle est bonne,
et sa voix, d'une douceur infinie, ne fait qu'affermir cette
opinion. Elle est fort estimée dans le quartier qu'elle habite
depuis plusieurs années. A cette estime est venue se joindre
la pitié : la pauvre femme est devenue aveugle à la suite d'une
cruelle maladie. Malgré sa cécité, elle vaque elle-même aux
soins de son petit ménage.

Lui, est un beau garçon de vingt ans, grand, bien bâti,
d'une superbe figure éclairée par deux grands yeux bleus,

presque noirs, ombragés par de longs cils noirs. Ses manières, son air, sont remarquablement distingués.

Il est ouvrier peaussier, habile dans ce métier où il a des
chances de passer contre-maître, dans peu d'années peut-
être; d'aucuns prétendent même que le patron a des vues plus
élevés pour lui.

En attendant cet avenir relativement brillant, le jeune
ouvrier gagne 6 et jusqu'à 7 fr. par jour. Aussi l'aisance est-
elle au logis. On peut s'en convaincre en les voyant à table en
ce moment.

— Comme tu es silencieux, ce soir, mon Frantz! dit
Mᵐᵉ Streicher; serais-tu souffrant?

— Non, mère, répond le jeune homme.

— Peut-être es-tu fatigué? insista l'infirme. Pourquoi aussi
travailler si tard?

— Ne te tourmente pas, chère mère, répond le jeune homme;
je ne suis pas plus fatigué que malade.

— Alors pourquoi n'es-tu pas comme à ton habitude? Si
mes yeux sans clarté ne me permettent pas d'apercevoir ton
visage, mes oreilles sont fidèles, et, au son de ta voix, j'ai
deviné ce que tu ne veux pas me dire. Tu me caches quelque
chose, à moi, ta mère, qui ne demande qu'à prendre ma part
de tes ennuis!... Ah! ce n'est pas bien, mon Frantz!

— Je sais que tu es la meilleure et la plus dévouée des
mères! dit le jeune homme en s'emparant des mains de l'infirme et en les portant à ses lèvres; je sais aussi que tu
m'aimes!

— Oh! oui, et de toute mon âme! dit Mᵐᵉ Streicher avec
exaltation, et tu le mérites. On irait loin pour trouver un fils

tel que toi!... Ne t'en défends pas, il y en a d'autres qui le disent, ne t'en déplaise.

— Bon! voilà que tu vas recommencer à vouloir me prouver par A plus B que je suis un être incomparable! un merle blanc, quoi! Mais tu sais bien, bonne mère, que c'est un mauvais système de faire des compliments aux enfants!...

— Pauvre chéri, va! Mais je n'ai jamais fait autre chose, et il me semble que je n'ai pas à m'en repentir....

— Hum! hum! fit Frantz.

— Hum! tant que tu voudras, mon cher enfant, dit Mme Streicher, c'est la vérité, voilà tout! — Avec tout cela, tu ne m'as pas dit ce que tu as sur l'esprit.

— Je voulais te le cacher, mère; cependant, comme tu apprendras la nouvelle bientôt peut-être, hélas! je ne veux pas te contrarier.... On dit que nous allons avoir la guerre avec notre voisine....

— Notre voisine! fit Mme Streicher. Je ne comprends pas; quelle voisine?

— La Prusse! répondit le jeune homme, dont les yeux eurent un éclair d'énergie farouche.

— La guerre avec la Prusse! s'écria la vieille dame en joignant les mains, on dit cela!... Que Dieu me prenne auparavant!

— Ne crains rien, mère, dit le jeune homme d'une voix douce, dans laquelle perçait un regret, je ne t'abandonnerai pas.

— Ah! pauvre enfant, repartit Mme Streicher, tu oublies que les aveugles devinent ce qu'ils ne voient pas!... Tu verras partir tes camarades, tandis que toi, bon patriote, qui voudrais aussi défendre la patrie, tu resteras, parce que, entre tes deux devoirs, tu n'hésiteras pas. Voilà ce chagrin que tu voulais me taire; n'est-ce pas que tu voudrais partir?

— Tu te trompes, mère, répondit le jeune homme d'une voix qu'il s'efforçait de contenir. Je suis chagrin de penser que mon cher pays va peut-être avoir à souffrir, voilà tout. N'est-ce pas suffisant, dis?

— C'est vrai, mon pauvre enfant; et moi-même, à cette pensée, je suis toute bouleversée.

— Ne te fais pas de mal; la patrie a des bras pour la défendre, Dieu merci! Quant à toi, mère, tu n'as rien à craindre, je suis exempt.

— Nous nous tourmentons vainement, je l'espère, reprit Mme Streicher. De qui tiens-tu cette nouvelle prématurée?

— De l'un de mes camarades d'atelier, Prussien d'origine, qui est appelé sous les drapeaux, ainsi que tous ceux de sa nationalité qui habitent le pays.

La conversation fut interrompue par la voix d'un marchand de journaux, criant à tue-tête : « Demandez la déclaration de guerre à la Prusse! »

Frantz bondit sur sa chaise. La vieille femme mit la main sur son cœur.

— Qu'est-ce que je te disais! fit le jeune homme en se levant et en courant à la porte, qu'il ouvrit pour appeler le marchand.

Il revint s'asseoir, tellement ému, que la feuille tremblait dans ses doigts.

— Ce n'est que trop vrai, dit-il, après avoir parcouru quelques lignes.

— Hélas! gémit l'aveugle, en essuyant une larme qui glissait sur sa joue.

Il se fit un silence, pendant lequel les cœurs de ces deux êtres, si attachés l'un à l'autre, furent en proie à un combat douloureux.

— On va se battre! pensait Frantz, les yeux fixes, en tordant sa moustache noire; la patrie fait appel à tous ses enfants.... Dois-je résister à la pensée qui me harcèle, qui me dit que mon devoir est là?... Si je pars, ma pauvre mère en mourra!... Dois-je rester près d'elle? Est-ce là qu'il est le devoir?...

— Le voilà arrivé le moment que je redoute depuis si long-temps! se disait Mme Streicher. Je n'ai pas le droit d'accepter le sacrifice que veut faire pour moi ce cher enfant; je ne dois pas priver la patrie d'un défenseur! Je dois parler.... En aurai-je le courage? Non, car il me faudra lui dire : « Celle que tu aimes de toute ton âme et que tu crois ta mère, n'est qu'une étrangère pour toi! Dans sa folle tendresse, elle n'a pas voulu que tu aies d'état civil, afin que personne ne puisse t'arracher de ses bras. Tu es sans nom, sans patrie, tu n'appartiens à personne, tu n'existes pas!... » Et je pourrais lui dire tout cela! je pourrais entendre ses plaintes, ses regrets!...

Au dehors, des groupes bruyants passent en chantant des chansons patriotiques; d'autres crient : « A Berlin! à Berlin! » Les tambours battent, les clairons sonnent; Strasbourg est en émoi.

— Vois-tu, pauvre mère, dit Frantz en rompant le premier le silence, dans une circonstance comme celle-ci, on va appeler tout le monde sous les drapeaux; les dispensés comme moi

4

n'échapperont pas à la loi commune; une séparation est probable!... Nous avons, heureusement, une petite réserve qui permettra que tu ne souffres pas, du moins au physique, pendant mon absence.

— Ils ne t'appelleront pas, mon Frantz, dit Mme Streicher en s'exaltant; ils ne le peuvent pas!

— Comment cela? demanda Frantz; ne suis-je pas Français?

— Le sais-je! soupira la pauvre femme.

— Que dis-tu, mère? interrogea Frantz, effrayé de l'agitation dans laquelle paraissait la malheureuse, qu'il croyait prise de démence subite.

— Je dis, continua Mme Streicher en se laissant glisser sur les genoux, que je suis une misérable. Frantz, je ne suis pas ta mère.... Quand je t'ai recueilli, tu avais environ six mois. Je ne sais ni d'où tu viens, ni qui tu es.... Ce n'est pas tout; laisse-moi achever. Craignant que ta famille, prise de remords, ne fasse des recherches pour te retrouver, je n'ai pas voulu que mon pauvre mari fasse la déclaration de sa trouvaille.... Tu n'as donc pas d'état civil, de nom; tu n'existes pas, enfin.... Pardon, ma tendresse seule est coupable! Tu étais si joli, vois-tu! tu ressemblais tellement à mon petit Frantz que je venais de perdre, que je me suis figurée que Dieu, touché de mes larmes, me le rendait.... Alors, la joie a reparu au logis; on t'a donné le berceau de l'autre qui était dans la tombe, on t'a enveloppé dans ses langes; tout ce qui lui avait appartenu a été pour toi; tu as occupé la place vide, même dans nos cœurs!... J'ai été une égoïste, j'en conviens; mais tu sais si je t'ai aimé! Pauvre petit, privé des caresses maternelles, je t'ai

rodigué les miennes : n'étais-tu pas mon bien, à moi! Eusses-
tu été prince, je t'aurais disputé à quiconque eût voulu t'ar-
acher de mes bras!... Et tout à l'heure encore, criminelle
que je suis, je voulais te disputer à la patrie!... Parle, Frantz,
e t'en conjure! Dis que tu me pardonnes, si tu ne veux pas me
voir mourir de douleur!

— Te pardonner!... s'écria Frantz en relevant la pauvre femme
et en la pressant sur sa large poitrine. Tu as été ma mère, tu
l'es encore, et, s'il m'était possible de t'aimer davantage,
femme sublime, cette confidence le ferait. Je ne suis pas ton
fils, et tu m'as élevé avec une pareille tendresse! et, malgré ta
misère, tu as éloigné de moi toutes les souffrances, les gardant
pour toi seule, me faisant une enfance heureuse!... Tiens, la
preuve que je t'aime, moi aussi, c'est que je veux ignorer tout
ce qui a rapport à mon abandon; je renie ceux qui ont eu la
lâcheté de commettre cette action; tu es ma mère, et je ne
veux plus entendre parler de ce qui me rappellerait qu'il n'en
est rien.

— Tes paroles me comblent de joie, Frantz; sois béni pour
cette assurance que tu me donnes, dit l'aveugle. Mais je n'ai
pas été seule à t'aimer, t'en souviens-tu?

— J'étais jeune quand mon pauvre père est mort, répondit
Frantz; cependant, je me souviens parfaitement que le cher
homme me gâtait, lui aussi. Je me vois encore perché sur son
genou, et lui me demandant : « Quelle heure est-il, meunier?
— Une heure, répondais-je. — P'tit trot! p'tit trot! p'tit trot! »
disait le cher homme, en me faisant sauter bien doucement.
Et il recommençait sa question, à laquelle je répondais, et lui
me faisait sauter encore, jusqu'à ce que j'aie répondu à son

idée. Alors, ce n'était plus « p'tit trot »! c'était « galop! galop!
galop »! et de ses bras vigoureux, il m'élevait plus haut que sa
tête, à ma grande satisfaction, qui se traduisait par des éclats
de rire, tandis que toi, inquiète, tu t'écriais : « Prends garde,
mon cher homme! S'il venait à t'échapper, bon Dieu! »

— Oui! oui! il me semble que c'est hier que cela s'est passé!
Oh! chers souvenirs d'un temps heureux, lorsque vous vous
présentez à ma pensée, je sens les larmes prêtes à s'échapper
de mes pauvres yeux sans regard, qui ne peuvent plus te
contempler, mon fils adoré!

— Tu ne perds rien à ne pas me voir, va, ma chère mère,
dit le jeune homme en riant, car j'enlaidis tous les jours. Si
je ne me crois pas le plus bel homme de la terre, ce n'est
pas de ta faute, car toi et mon père m'avez assez répété que
j'étais le modèle du genre! Ah! m'avez–vous gâté! m'avez–vous
gâté!...

Oui, il avait été gâté, cet enfant trouvé un matin d'hiver,
au pied de la statue du grand Kléber, par le brave Streicher,
se rendant à la filature où il travaillait comme ouvrier fileur.

La neige tombait, ce jour-là, par flocons serrés, recouvrant
le paquet informe sur lequel un bec de gaz jetait sa pâle clarté.

— Qu'est-ce que ceci? s'était écrié Streicher.

Et, passant sa main entre les barres de fer du grillage qui
entourait la statue, il avait tiré à lui, puis avait sorti ce paquet
suspect.

— C'est un enfant! s'était-il dit, en sentant sous ses doigts
une tête, puis des membres. Il ne bouge ni ne crie, il doit être
mort.... C'est sans doute le résultat d'un crime!

Et il était là, hésitant, n'osant s'en assurer.

Enfin il s'y décida.

Un pauvre bébé pâle, inanimé, glacé, s'était offert à ses regards.

— Oh! les monstres! les canailles! s'était-il écrié.

La place était déserte. Alors il avait pensé que, si l'enfant n'était pas mort, des soins intelligents le rappelleraient peut-être à la vie. Mais il était urgent de se hâter. Il avait pris sa course vers sa maison, ne songeant plus que son travail l'appelait.

— Tiens, femme, avait-il dit en entrant au logis; voici une trouvaille que je viens de faire....

— Oh! les monstres! oh! les canailles! s'était-elle écriée, elle aussi, en apercevant l'enfant. Il paraît mort, le pauvre bébé!

— Non, répondit Streicher, après avoir mis sa main sur le cœur de l'enfant. Essaye de le ranimer, ma pauvre femme, fais tous tes efforts pour y arriver.

— Certes oui! avait-elle répondu.

Et immédiatement elle avait déshabillé le pauvre petit devant le poêle qui ronflait, et elle l'avait frictionné énergiquement avec de la flanelle chaude; puis elle lui avait introduit dans la bouche quelques gouttes de lait tiède.

Ses efforts avaient été couronnés de succès, et les deux époux, en voyant le petit les regarder de ses beaux yeux bleus, s'étaient extasiés sur sa gentillesse.

On avait examiné minutieusement tout ce qu'il avait sur lui, on n'avait trouvé aucun signe, aucune marque de reconnaissance.

— Ceux qui l'ont abandonné ne veulent pas le retrouver

plus tard, dit Streicher, c'est visible; le pauvre petit être ne
connaîtra jamais ses parents! C'est vraiment triste de mettre
un bel enfant comme cela aux Enfants trouvés; qu'en penses-
tu, ma femme?

— Je suis de ton avis, répondit-elle.

— Qu'allons-nous en faire, alors?

— Le garder. Vois-tu, mon homme, il me semble que c'est
notre petit Frantz; il lui ressemble, ne trouves-tu pas? Il peut
avoir six mois, ce pauvre petit, tout comme le nôtre aurait!...
C'est le bon Dieu qui me l'envoie pour me consoler!... Nous
l'appellerons Frantz, veux-tu?

— Oui, et nous l'aimerons comme nous aimions le nôtre.
Seulement, il nous faut le déclarer à la police, qui fera des
recherches pour retrouver sa famille. Si elles aboutissent, on
viendra nous le prendre, et ce sera une grande douleur, comme
qui dirait la mort de celui que nous avons perdu! Maintenant, en admettant que ses parents ne se retrouvent pas, on
saura qu'il n'est pas notre fils, et lui-même ne l'ignorera pas.

— Eh bien! ne fais pas de déclaration et changeons de
quartier. Mais lorsqu'il faudra produire l'acte de naissance du
petit, lorsqu'il sera en âge d'aller à l'école, par exemple, comment ferons-nous?

— Nous produirons celui de notre enfant.

— Et lorsqu'il devra faire son service militaire?

— Il ne le fera pas, voilà tout.

— Et si jamais il se marie? insista la femme.

— Turlututu! repartit l'homme; d'ici-là, il passera de l'eau
sous le pont! Voyons, est-ce que tu te figures que nous l'aurons
élevé impunément? Il nous aimera, ce gamin, et lorsque nous

serons forcés de lui dire la vérité, cette révélation ne pourra rien sur une affection solidement enracinée. D'ailleurs, les précautions qu'on a prises pour ne pas laisser un doute sur son origine, prouvent qu'on ne veut plus en entendre parler. On ne l'a pas tué, mais on n'a pas fait beaucoup mieux; car, s'il avait été recueilli seulement une heure plus tard, il était mort; il tiendra compte de cela, il comprendra que nous ne lui avons fait aucun tort.

— Tu as raison, répondit la femme. Ne parlons de cela à personne, et déménageons le plus vite possible.

Et ils étaient allés habiter un autre quartier de la ville, et le brave Streicher avait supprimé d'un coup les petits verres qu'il prenait depuis la mort de son enfant, pour oublier, comme il disait; et il avait redoublé d'ardeur au travail, faisant des heures supplémentaires toutes les fois qu'il en avait l'occasion.

Le petit abandonné avait donc grandi entre ces deux braves cœurs, qui avaient pour lui les attentions les plus délicates, les tendresses les plus sincères.

Lui, adorait ce père et cette mère que le hasard lui avait donnés.

Il avait à peine six ans lorsque le pauvre Streicher mourut d'une fluxion de poitrine. Ce fut pour lui sa première, son unique douleur; et elle fut si violente, que sa mère adoptive dut sécher ses larmes et mettre tout en œuvre pour calmer le chagrin du petit, dont la santé menaçait de s'ébranler. Les yeux des enfants ne sont faits que pour refléter la joie de leur cœur; leurs pleurs ne doivent être que passagers. Le cher petit avait donc repris sa gaieté. Alors la veuve l'avait envoyé

à l'école et s'était remise à travailler de son métier de bro-
deuse, et cela jour et nuit, pour que l'enfant ne soit pas privé
du bien-être auquel il était habitué.

Frantz était intelligent, travailleur; à douze ans il savait
tout ce que l'on pouvait apprendre alors à l'école primaire.

Ses goûts, ses aptitudes lui eussent permis d'acquérir une
instruction supérieure; il en avait conscience; aussi, lorsque
l'instituteur vint trouver sa mère pour lui conseiller de pour-
suivre les études de cet enfant, qu'il trouvait extraordinaire-
ment doué, il avait été tenté de s'écrier que c'était son plus
cher désir; mais il avait remarqué les yeux rougis de celle qu'il
croyait sa mère, il l'avait surprise plus d'une fois, à l'heure
où tout dort, penchée sur son ouvrage, et il comprenait que
c'était à lui à s'opposer à de nouveaux sacrifices.

Le refus était venu de lui; il avait prétendu, au grand étonnement de l'instituteur, qu'il était fort heureux d'en avoir fini
avec l'étude, et que son seul désir était d'apprendre un métier.

Malgré les instances de sa mère, il avait tenu bon, et elle
avait fini par céder, ne se doutant nullement du sacrifice qu'il
faisait à son devoir, qui était de l'aider le plus vite possible.

Le choix d'un métier avait été difficile à fixer pour celle qui
était si soucieuse du bien-être de l'adoré; tel métier offrait des
dangers, tel autre était trop fatigant, celui-ci n'était pas assez
rétribué, celui-là noircissait le visage et les mains....

Enfin, un peaussier du voisinage, qui avait remarqué la
mère et le jeune garçon, ayant appris qu'elle cherchait à le
placer, vint lui proposer de s'en charger. Le métier était lucra-
tif; il n'offrait nul danger; le patron avait la réputation d'être
un excellent homme : Mme Streicher accepta ses propositions.

Frantz était donc entré comme apprenti chez M. Schnœder, le plus important peaussier de Strasbourg.

Là, comme à l'école, le jeune garçon s'était distingué par son adresse, son amour du travail et ses manières polies. Aussi le temps de l'apprentissage avait-il été abrégé pour lui, et, à quinze ans, il était arrivé à gagner 4 fr. par jour; ce qui avait permis à sa mère adoptive de se ménager un peu.

Le patron avait pris Frantz en grande amitié, ce dont pas un ne songeait à être jaloux, car le jeune garçon était aimé de tous les ouvriers, jeunes et vieux.

Lorsque la variole, qui sévissait dans toute l'Alsace, avait failli enlever Mme Streicher et l'avait laissée aveugle, Frantz, bien qu'il eût à peine dix-huit ans, gagnait 5 fr. par jour. Alors il s'était mis à la tête de leur petit ménage, rendant tous les services possibles à la pauvre femme, se levant tôt, se couchant tard, et ne perdant pas pour cela une heure d'atelier, où il se multipliait tellement, que bientôt son salaire fut porté à 6 fr., avec le titre de premier ouvrier, faisant même parfois l'office de contre-maître, ce qui faisait dire à ses camarades : « Voilà que le père Ockert se fait vieux, attendez un peu que Frantz ait plus de barbe au menton, et vous verrez.... »

La pauvre aveugle s'était habituée à son infirmité; et lorsque la santé lui était revenue complètement, elle s'était remise aux travaux de son ménage; ses autres sens s'étaient perfectionnés par la nécessité, et c'était vraiment merveille de la voir faire sa cuisine, laver sa vaisselle sans rien casser, balayer sa maison, brosser et ranger les effets de son fils. Comme elle était fort économe, elle trouvait moyen de mettre chaque jour 2 fr. et quelquefois plus de côté, de façon qu'elle pouvait

faire face à bien des éventualités. Frantz le savait; il avait
assez peiné pour la grossir, cette réserve!

Voilà pourquoi il lui avait dit :

— Tu ne souffriras pas, du moins au physique, pendant
mon absence.

Car il ne doutait pas qu'il ne fût prochainement appelé sous
les drapeaux.

Et maintenant qu'il connaissait tout le dévouement de cette
femme, qui avait été sa mère par le cœur, il se disait qu'il
n'avait pas le droit d'hésiter entre elle et la patrie!

Et cependant, malgré lui, il s'était approché de la fenêtre et
avait entr'ouvert les rideaux, regardant au loin, l'œil humide,
n'osant pas parler, dans la crainte de révéler son émotion à la
pauvre infirme.

— Ah! si mon cher homme était encore de ce monde, dit-
elle, en posant sa main sur l'épaule du jeune homme, dont
elle s'était rapprochée, il serait à côté de toi, à cette fenêtre,
montrant le poing du côté de Berlin!... Et il t'aurait ouvert la
porte en disant : « Pars, mon fils! » et, décrochant son vieux
fusil, il t'aurait suivi à la guerre.... Moi, je ne suis qu'une
faible femme, je ne puis te suivre; mais je veux faire ce qu'il
aurait fait, lui.... Pars, Frantz, et que Dieu te bénisse pour
tout le bonheur que tu m'as donné!

IV.

Sans nom !

Il est là, Frantz, notre héros, attendant impatiemment son tour au bureau de recrutement militaire, où se presse une foule de jeunes gens animés du plus sincère patriotisme.

Enfin il s'avance devant le commandant de recrutement, l'œil ardent, la démarche fière.

— Je viens m'engager pour la durée de la guerre, dit-il.

— Vos pièces ?

— Je n'en ai pas, répond Frantz.

Le commandant lève la tête et se met à le considérer en tordant sa moustache. Cet examen fut favorable au jeune homme, car c'est d'une voix sympathique que l'officier lui dit :

— On vous nomme ?

— Frantz, répond le pauvre garçon très ému, et c'est tout !...

— Sans nom, alors ? dit le commandant.

— Hélas ! oui, soupira Frantz ; j'ignore même où je suis né. Est-ce que le droit de me faire tuer pour mon pays me sera refusé pour cela ?

— Non, jeune homme, non, dit l'officier, je m'en charge. Revenez demain. Vous passerez la révision et signerez votre engagement, je vous en réponds. Donnez-moi votre adresse.

Frantz écrivit son adresse et la présenta au commandant.

— Je vous suis bien reconnaissant, mon officier, dit-il très ému.

— C'est bon ! dit rudement l'officier, allez.

Frantz fendit la foule, l'œil irradié ; il semblait grandi, tant il se redressait.

— Demain ! demain ! se disait-il.

— Beau gars ! pensait le commandant en le regardant s'éloigner ; large poitrine, sur laquelle une croix ferait bien. Qui sait ?...

HISTOIRE DE LA GUERRE DE 1870.

———————

.... Écoutez bien cette histoire maudite,
Et que si quelques-uns vous l'ont déjà redite,
Si déjà vous l'avez entendue, et souvent,
Tant mieux : clou martelé n'entre que plus avant.

(Paul DÉROULÈDE.)

V.

Les causes de la guerre.

Depuis 1866 la guerre était inévitable entre la France et la Prusse. Les deux gouvernements la voulaient également : l'un pour ressaisir l'influence que lui avait fait perdre l'élévation subite de la Prusse ; l'autre pour achever l'écrasement des puissances qui pouvaient s'opposer à ses ambitions.

Le grand-duché de Luxembourg formait une principauté indépendante. Napoléon III songea à l'acheter au roi de Hollande, qui ne demandait pas mieux que de la céder ; mais, au moment de conclure, il fit connaître à M. de Bismarck les propositions de la France.

Depuis 1815, le grand-duché de Luxembourg faisait partie de la Confédération germanique, et, à ce titre, la Prusse entretenait dans la forteresse une garnison, que M. de Bismarck n'entendait nullement retirer, encore moins y laisser une garnison française.

Cela faillit amener la guerre.

Mais M. de Bismarck, comprenant que dans cette affaire il aurait contre lui l'opinion de l'Europe, céda jusqu'à une occasion meilleure, se réservant de la faire naître, si elle ne se produisait pas en temps.

Aidé du génie patient et réfléchi de M. de Moltke, il compléta l'organisation militaire de l'Allemagne, afin de mettre de son côté toutes les chances, pour le jour où la lutte éclaterait.

Rien ne fut négligé. La puissance de la Prusse fut doublée par des réformes intelligentes et par l'adjonction de toutes les forces secondaires de l'Allemagne.

Les Etats du Sud, en particulier la Bavière et le Wurtemberg, manifestaient peu d'enthousiasme pour l'hégémonie prussienne. Les grands-duchés de Bade et de Hesse-Darmstadt ne laissaient pas d'inquiéter par leur répugnance à subir le césarisme militaire. Très dévoués aux principes de l'unité allemande, ils commençaient à entrevoir qu'on voulait surtout les mener à l'unité prussienne.

Dans la Confédération même, les éléments, loin de se fondre, paraissaient chaque jour plus réfractaires; la Saxe, en particulier, inquiétait et dérangeait les calculs du grand chancelier.

Dans la Prusse même, certains symptômes semblaient menacer l'œuvre entreprise. Les sociétés ouvrières s'agitaient et réclamaient, au point de vue politique et social, des réformes qui étaient en opposition directe avec le but poursuivi par le gouvernement. Elles avaient résolu de soulever dans toute la

Prusse une agitation contre le militarisme dominant et l'aggravation des charges imposées pour l'entretien d'une armée.

Le succès de l'œuvre prussienne devenait de plus en plus douteux, et il était urgent de trouver le moyen d'envelopper et d'étouffer toutes les revendications particulières dans une préoccupation d'un intérêt plus général.

M. DE MOLTKE.

Le Reichstag n'avait consenti à voter le budget et le contingent militaire que jusqu'en 1871. L'échéance fatale approchait ; il faudrait de nouveau lutter contre les répugnances bien connues du Parlement à l'endroit des dépenses de cette nature ; il était à craindre qu'elles ne fussent insurmontables, et que le gouvernement ne fût forcé de céder à la volonté nationale.

Afin de prévenir les résistances qu'il prévoyait pour 1871,

M. de Bismarck décida que le seul moyen était une guerre
en 1870. Le point était de se faire attaquer par le gouvernement
français, et puis après de le battre.

Mais il lui fallait ressaisir l'influence que ses prétentions
hautement affichées de militarisme à la fois féodal et césarien
lui avaient fait perdre. Il avait, dans ses rapports avec les
Etats allemands, tellement exagéré la morgue et la raideur
prussiennes, ses hauteurs avaient amoncelé tant de rancunes
personnelles; ses dédains pour tous les droits, les pièges et les
équivoques de sa constitution soi-disant fédérale, avaient soulevé contre lui tant de défiances, qu'il eût été insensé, pour les
vaincre, de compter sur la persuasion.

Mais le grand homme, auquel l'humanité restera redevable
des plus grands massacres que puisse relater l'histoire des
ambitions princières, était sûr de ressaisir, quand il le vou-
drait, l'influence prête à lui échapper, par la haine, soigneusement cultivée dans les âmes et renouvelée de génération en
génération depuis Auerstædt et Iéna; par la peur, habilement
préparée et propagée de l'invasion française; par la vanité
nationale.

Et M. de Bismarck se mit à manœuvrer de manière à faire
surgir un prétexte de guerre avec la France.

Le résultat de ses manœuvres fut la candidature du prince
de Hohenzollern, cousin du roi de Prusse, à la couronne
d'Espagne.

C'était la guerre.

M. de Bismarck avait un intérêt trop évident à ce que
l'agression parût venir de la France, pour n'avoir pas mis en
œuvre tous les moyens d'atteindre ce but. Or, parmi les

moyens qu'il a employés le plus volontiers contre nous, figure l'espionnage. On prétend qu'il avait des agents jusque dans l'entourage intime de l'empereur et de l'impératrice. Ses émissaires entretenaient soigneusement l'illusion que nous allions recommencer la campagne d'Iéna, que l'ennemi avait peur, qu'il était prêt à toutes les humiliations, que la France était la plus forte.

Et on le croyait, en effet. Le ministre de la guerre, abusé par des comptes fictifs, assurait que la France était en état de soutenir victorieusement une longue guerre. Il ignorait toutes les réformes et améliorations apportées depuis quelques années dans l'organisation et dans l'armement des forces allemandes. Et il répétait que « nous étions prêts ».

Les agents de M. de Bismarck avaient formé à la cour un parti de la guerre, violent et aveugle, qui, en quelques jours, devint maître de la situation.

Ce sont eux qui ont soulevé ces manifestations menteuses qui voulaient faire croire au peuple français qu'il aspirait aux batailles, et qui crièrent : « A Berlin ! »

Les ministres qui voulaient le maintien de la paix ne surent pas le vouloir avec assez d'énergie, parce qu'ils ignoraient la situation de la France au point de vue militaire. Ils croyaient que tout était prêt, et ils étaient loin de se douter que la Prusse était plus prête que nous.

Ces intrigues d'une part, de l'autre cette ignorance et le manque de résolution qui en fut la suite, expliquent l'allure singulière et parfois contradictoire qui précéda la déclaration de guerre.

La pression des puissances étrangères avait décidé l'Espagne à retirer les offres faites au prince de Hohenzollern ; et celui-ci ayant en même temps renoncé à sa candidature, il n'y avait plus rien à demander : c'était la paix.

Mais les impatients du parti de la guerre, poussés et excités par les agents de M. de Bismarck, l'emportèrent. M. de Gramont télégraphia à M. Benedetti, notre ambassadeur, que le gouvernement exigeait la renonciation du prince Antoine, au nom de son fils Léopold, à sa candidature au trône d'Espagne, avec assurance du roi de Prusse qu'il n'autoriserait pas de nouveau cette candidature.

Alors M. de Bismarck entra en scène. Il accourut à Berlin et se rendit auprès de l'ambassadeur d'Angleterre. Profitant de la faute que venait de commettre le gouvernement français, il déclara que l'indignation était générale en Allemagne, et que le gouvernement prussien se voyait obligé de demander des éclaircissements à la France sur ses desseins secrets ; que si la guerre éclatait, on ne pourrait douter qu'elle l'avait cherchée.

La France allait avoir contre elle l'opinion du monde entier, et sa rivale tout l'avantage d'être manifestement contrainte à la guerre pour sa défense, et pour repousser une agression. L'insistance du gouvernement français faisait entrer la question dans une phase nouvelle, où nous devions nous trouver abandonnés de toutes les sympathies sur lesquelles nous avions pu compter au commencement des négociations.

A Berlin, un journal semi-officiel racontait que le roi avait refusé de recevoir notre ambassadeur. Cette fausse nouvelle fut reproduite par la *Gazette de Cologne*.

M. Thiers.

M. de Bismarck s'empressa d'écrire aux agents diploma-
tiques de la Prusse que le désistement du prince de Hohenzollern avait été communiqué officiellement au gouvernement
français, et que, devant les exigences nouvelles que son ambassadeur était chargé d'exprimer au roi, Sa Majesté avait
refusé de le recevoir, lui faisant dire par l'aide de camp de
service qu'il n'avait plus rien à communiquer à l'ambassadeur, lui ayant dit de vive voix qu'il ne pourrait faire la con-
cession nouvelle et inattendue que son gouvernement récla-
mait.

Cette note fut transmise au gouvernement français par ses
ministres de Munich et de Berne, qui en avaient reçu communication officieuse des ministres prussiens des mêmes rési-
dences.

La note était blessante, d'autant plus blessante, qu'elle était
inexacte : le roi n'avait pas refusé de recevoir notre ambassadeur.

Sans l'irritation des esprits, la note de M. de Bismarck
n'aurait pas suffi pour allumer la guerre. Mais la passion fait
taire la réflexion, et bien que M. Benedetti eût envoyé une
dépêche rendant un compte exact des faits, le gouvernement
impérial se donna l'air de croire que le roi Guillaume avait
refusé de recevoir l'ambassadeur français.

Restait à savoir si cette insulte était bien authentique.
M. Gambetta réclama énergiquement la communication des
pièces. La Chambre refusa de soutenir cette réclamation.
M. Thiers demanda également la production des pièces sur
lesquelles on se fondait pour se dire outragé, on ne voulut rien
entendre; il fut même insulté.

Les députés des centres, si pacifiques les jours précédents, intimidés, entraînés dans le mouvement, votèrent cette guerre, la plus malheureuse certainement que la France ait entreprise dans sa longue et orageuse carrière.

Ils votèrent la guerre, convaincus, il faut le croire, que la France avait été insultée, quand elle ne l'avait pas été. Ils la votèrent surtout parce qu'ils croyaient, sur l'affirmation du maréchal Lebœuf, que nous étions prêts, absolument prêts à la faire; parce qu'ils pensaient, comme l'avait fait entendre M. de Gramont, que nous pouvions compter sur le concours effectif de l'Autriche et de l'Italie.

Le 19 juillet 1870, à une heure et demie, la déclaration de guerre de la France à la Prusse était remise à M. de Bismarck.

Il était arrivé à son but.

La France se trouvait seule, sans alliance et sans organisation militaire, en face d'un ennemi qui, depuis dix ans, avait, sans perdre un seul jour, consacré toute son énergie et toutes ses ressources pour la grande bataille.

VI.

Organisation militaire de la France et de l'Allemagne.

Nos généraux, convaincus que nos soldats étaient les meilleurs du monde, ne s'inquiétaient que d'augmenter le chiffre nominal de l'armée.

En 1867, une nouvelle loi militaire fut présentée. Elle portait à neuf ans le temps du service militaire, réparti en cinq ans dans l'armée active et quatre ans dans la réserve; ce qui donna un contingent de 900,000 hommes, chiffre nominal. A ce chiffre on ajouta 500,000 hommes par la création d'une sorte de réserve auxiliaire, qu'on désigna sous le nom de garde mobile. Mais on se contenta de dresser la liste de ces jeunes gens, dispensés du service actif dans l'armée et dans la réserve par

leur numéro de tirage, ou par leur situation d'orphelins, fils
uniques ou aînés de veuve, etc. ; ils ne furent ni enrégimentés,
ni armés, ni habillés, ni exercés.

En retranchant les non-valeurs de toutes sortes, le nombre
des combattants se trouvait réduit au moins au tiers de l'effectif. La loi nouvelle n'avait pas eu le temps de produire tous
ses effets en 1870 ; la réserve ne comprenait que des contin-
gents qui avaient quitté le service actif pendant les années 1868 et 1869. On évaluait donc, en 1870, le nombre des
soldats formés à 567,000. De ce chiffre, il faut retrancher les
non-valeurs, les déficits permanents, les troupes nécessaires à
l'intérieur, celles de l'Algérie, la brigade de Civita-Vecchia, etc.
L'effectif se réduisait ainsi à 400,000 hommes, en comprenant l'armée active et la réserve ; c'est-à-dire qu'il était
impossible de mettre sous les armes plus de 200,000 combattants réels avant un mois ou six semaines.

Grâce à la confiance exagérée, reposant sur des énuméra-
tions et des calculs entièrement faux, confiance qui avait fait
dire à l'empereur : « Les ressources militaires de la France
sont désormais à la hauteur de ses destinées dans le monde, »
on négligeait l'étude des moyens de rendre plus rapide la
mobilisation ; on ne s'inquiétait pas de répartir et de décentra-
liser l'armement et les approvisionnements de toute nature, si
bien que, dès l'entrée en campagne, nos soldats ont manqué
de tout.

La France, aveuglée par une vieille habitude de se considérer comme la première nation militaire du monde, allait,
avec des traditions surannées, un personnel mal préparé, un
matériel incomplet, se trouver en face d'un ennemi qui avait

is à profit toutes les leçons de l'expérience et toutes les
découvertes scientifiques.

D'après les réformes introduites dans l'armée prussienne,
u point de vue de la mobilisation, de la concentration, de
entretien des troupes, l'administration militaire, qui avait
out calculé, pouvait avoir, en onze jours, 600,000 hommes
ur le Rhin, et, en vingt jours, un million. Le chiffre total de
'armée ennemie s'élevait à 1,500,000 hommes. En retranchant
n cinquième pour les déficits causés par la maladie, la mort,
'émigration, il lui restait une force réelle d'au moins
,200,000 hommes, presque tous instruits et exercés. En
dehors de tous les avantages d'organisation et d'armement,
chaque unité avait par elle-même une valeur considérable que
doublaient la bonne tenue de l'ensemble, le respect absolu de
a discipline, le soin intelligent et minutieux apporté dans le
choix et la composition de l'état-major.

Pour réunir une armée inférieure de moitié à l'armée ennemie, il nous fallait le double de temps, de telle sorte que, dès
'entrée en campagne, nos corps isolés ont pu être désorganisés
et écrasés par des forces supérieures.

Il faut que nous nous habituions à comprendre que l'inven-
tion du fusil à tir rapide et du canon à longue portée a complètement transformé les conditions de la guerre. Sans doute, le
courage, l'énergie, l'opiniâtreté, l'élan, resteront toujours des
qualités utiles dans les batailles; mais elles n'auront plus,
elles ne peuvent plus avoir sur leur succès l'influence décisive
qui nous a valu tant de victoires. Aujourd'hui la machine
l'emporte sur l'homme et le remplace, en quelque sorte, dans
les batailles comme dans l'industrie; la guerre n'est plus qu'un

calcul de forces matérielles. La victoire appartient presque fatalement à l'armée qui a pour elle la supériorité du nombre et de l'artillerie.

Le triomphe des Prussiens n'était donc qu'une affaire de temps. Nous pouvions nous faire massacrer plus ou moins héroïquement, mais il était évident que nous devions finir par être vaincus.

Il n'y a pas de raisonnement ni d'illusions patriotiques à se faire sur l'implacable fatalité de cette conséquence. Nous avons été battus, nous devions l'être, nous ne pouvions pas ne pas l'être. Et c'est surtout à l'infériorité de notre instruction et de nos moyens militaires, à l'infatuation qui nous rend rebelles à toute réforme, que nous devons attribuer notre défaite.

Un peuple peut se relever d'un pareil coup, mais à la condition d'en tirer la leçon qu'il contient et de la mettre à profit.

VII.

Commencement des opérations.

Dès le jour même de la déclaration de guerre, les Allemands vaient commencé à appliquer le système de reconnaissance ui leur fut si utile pendant tout le cours de la guerre. Des roupes isolés de cavaliers explorant le pays, souvent à de randes distances, coupaient les fils télégraphiques et les voies errées, et rapportaient à l'état-major les renseignements dont l avait besoin.

Toute la frontière se trouva couverte de uhlans, qui s'en llaient par trois, par cinq, par dix, jusque dans les villages, vec une audace qui finit par jeter la terreur parmi les habi-ants du pays.

De tous côtés, on annonçait la présence des ennemis, sans pouvoir les saisir nulle part.

De Forbach, de Reichshoffen, de Spickeren, de Frœch-willer, de Huningue, de Neuf-Brisach, de Wissembourg, de Strasbourg, arrivaient des dépêches alarmantes, annonçant cette invasion de uhlans.

Ces alertes continuelles fatiguaient nos soldats, qui, n'ayant aucun renseignement sur le nombre et les positions de l'ennemi, se laissaient gagner par cette vague terreur qui pesait sur tout le pays.

Il suffisait de l'approche de quelques uhlans pour mettre en fuite toute la population d'un village. On raconte que cinq uhlans entrèrent tranquillement à Sierck, à 15 kilomètres de Thionville, et pénétrèrent jusqu'en face de la gendarmerie. Il ne se trouva pas un seul habitant qui osât tirer un coup de fusil; les gendarmes eux-mêmes ne songèrent qu'à s'enfuir à travers les jardins.

Partout, hélas! et pendant toute la durée de la guerre, il a paru admis et convenu que les habitants dussent se désinté-resser de la lutte, et que la défense du territoire national ne fût pas leur affaire.

Si les paysans n'avaient pas laissé si facilement passer les éclaireurs ennemis, il eût bien fallu que les Allemands renon-çassent à ces expéditions, et les armées françaises n'eussent pas été si souvent surprises.

Grâce à la mauvaise organisation de nos voies stratégiques et à l'incohérence des mesures militaires et administratives, l'armée française fut contrainte de rester inactive, attendant avec impatience les réserves, les munitions et les ordres qui n'arrivaient pas. Ne pouvant prendre l'offensive, on ne faisait rien pour assurer la défense; on attendait, ne sachant que décider.

Enfin, le 29 juillet, l'empereur envoya au maréchal de Mac-Mahon l'ordre de se borner à faire éclairer la frontière et à la protéger, de Bâle à Lauterbourg, où elle n'était pas menacée !

Dans un conseil de guerre, tenu le 31 juillet à Forbach, on décida de se rendre à la proposition que le général Frossard avait faite, et que l'on avait repoussée, d'enlever Sarrebrück et Sarrelouis, défendus par un petit nombre de bataillons allemands.

L'opération commença le 2 août à dix heures du matin. La victoire nous demanda peu d'efforts et nous rapporta peu de gloire.

Le 4e corps, appuyé par une division du 3e, devait faire le lendemain une expédition semblable à Sarrelouis; mais à la nouvelle qu'un corps d'armée prussien se dirigeait vers Thionville, on y renonça.

La nouvelle était fausse.

Le jour suivant commençait la série de nos désastres.

VIII.

Combats et batailles.

Notre intention n'est pas de vous faire un récit détaillé de toutes les opérations de la fatale guerre, jeunes lecteurs; nous allons vous les présenter en un résumé aussi succinct que possible.

Quelques détails sur les premiers combats nous paraissent indispensables pour vous prouver que nous n'avons pas été trop sévère dans notre jugement, et que nos petits pioupious sont de braves et dignes enfants de la France, qui ne demandaient qu'à la faire victorieuse.

Le maréchal de Mac-Mahon avait envoyé la division Douay à Wissembourg, le 3 août, à cinq heures du matin; elle n'arriva à destination qu'à la chute du jour.

Le général Ducrot, sous les ordres duquel était placé le

général Douay, donna l'ordre de poster la 1re brigade sur le plateau de Geissberg, et la 2e brigade à gauche, sur la hauteur du Vogelsberg. On occupait ainsi la ligne des crêtes qui, par la route de Wissembourg à Bitche, se relie au col du Pigeonnier. Un bataillon du 74e fut placé comme garnison à Wissembourg, et un régiment releva au Pigeonnier le 96e, qui se porta en avant, dans la direction de Nothweiler.

Les Bavarois venaient de s'emparer de la maison de douane de Wissembourg, et avaient assuré que le lendemain ils occuperaient Altenstatt. On considérait ce mouvement et cette menace comme une pure fantaisie. C'est ainsi que la plus grande partie de l'armée allemande put s'approcher à portée de canon sans qu'on se doutât de son existence.

Les hommes de corvée étaient aux provisions dans la ville; sur le Geissberg, des bataillons faisaient la soupe. C'était la première des nombreuses surprises auxquelles était condamnée l'armée française !

Le bataillon du 74e barricada les portes de la ville; les gardes nationaux se postèrent aux fenêtres des maisons ou aidèrent les artilleurs à servir les seize vieux canons qu'on avait laissés sur les remparts.

Les Allemands, qui attendaient du renfort, n'attaquèrent pas d'abord vigoureusement; mais, vers dix heures, toutes les troupes attendues arrivèrent. Quatre-vingt-dix pièces écrasèrent de leur feu Wissembourg et le Geissberg.

La petite armée française se trouva bientôt débordée. Le général Pellé ne voulait pas donner le signal de la retraite, il comptait sur des renforts. Son espérance ne devait pas se réaliser.

Après deux assauts, repoussés énergiquement, la petite garnison se vit obligée d'abandonner les portes de Landau et de Haguenau, et de se diriger vers la place de Bitche, dans l'espoir d'opérer sa retraite par la route qui conduit au Pigeonnier.

L'artillerie allemande défonça les portes abandonnées, et les troupes ennemies entrèrent dans la ville. Les restes du bataillon du 74° durent mettre bas les armes.

Toutes les troupes françaises se trouvèrent refoulées sur le Geissberg. Nos pièces étaient démontées, les munitions épuisées; nos soldats ne purent que tenir l'ennemi à distance, avec leurs chassepots, et les cartouches mêmes commençaient à manquer.

Les ennemis parvinrent à gravir les pentes du Geissberg et attaquèrent vigoureusement le château défendu par deux cents hommes.

Les canons allemands, établis sur la montagne, se mirent à foudroyer les murs à quelques centaines de mètres. La lutte était impossible. Après une héroïque défense, les défenseurs du château furent pris; mais leur résistance avait donné le temps aux débris de la division Douay de faire leur retraite sur Cleebourg, Pfaffenscklick et Limbach. Une partie de la droite se replia sur la route de Haguenau.

La cavalerie allemande, lancée à la poursuite des Français, se trompa heureusement de route, et revint bientôt après une course inutile.

Nous laissions sur le champ de bataille 900 prisonniers, 200 morts, 400 blessés. Il est bon de dire que les Prussiens avaient subi des pertes plus considérables que les nôtres.

Notre désastre de Wissembourg est imputable à l'éparpillement des troupes, qui avait empêché de soutenir la division
Douay.

Le général Ducrot, informé seulement à onze heures et
demie de l'attaque de Wissembourg, était accouru du côté du
Pigeonnier, mais il était trop tard. Il ne put que recueillir sur
la route les restes de la division qui venait de soutenir la lutte
contre un ennemi dix fois supérieur.

Maréchal DE MAC-MAHON.

On comprit alors la nécessité de renoncer à ce déplorable
système. L'empereur revint au plan primitif, qui avait été de
constituer deux armées distinctes.

La première, composée des 1er, 5e et 7e corps, fut mise sous
le commandement du maréchal de Mac-Mahon; le maréchal
Bazaine fut placé à la tête de la seconde, composée des 2e, 3e et
4e corps.

Le maréchal de Mac-Mahon s'occupa immédiatement de

concentrer les trois corps placés sous ses ordres. S'il avait réussi, il aurait pu opposer aux Allemands qui s'avançaient 80,000 hommes, au lieu de 45,000; ce qui eût pu modifier le résultat de la bataille de Frœschwiller. Malheureusement, l'éparpillement était tel, que la concentration ordonnée ne put être opérée pour le 6 août Il en résulta que le maréchal fut réduit à ses 45,000 hommes.

Les Allemands recommencèrent la manœuvre qui leur avait si bien réussi à Wissembourg : profiter de la supériorité bien constatée de l'artillerie Krupp pour forcer les Français à employer toutes leurs forces à se défendre contre la menace d'une attaque de front par le gros des troupes allemandes, et, pendant ce temps, déborder à droite et à gauche des deux ailes de l'armée ennemie, pour n'attaquer à fond que quand celle-ci se trouverait complètement cernée, coupée de sa ligne de retraite et obligée de faire face de tous côtés.

C'est à cette bataille qu'eut lieu cette fameuse action que nous appelons la charge des cuirassiers de Reichshoffen.

Maîtres de Morsbronn, les Allemands se disposent à attaquer Elsashausen à la fois de flanc et de front. Pour parer à ce danger, le général Lartigues lance la brigade de cuirassiers, massée dans un ravin à l'est d'Ebersbach.

Lancés sur un terrain détestable, encombré d'arbres coupés, de vignes enchevêtrées, à chaque pas interrompu par des fossés, les cavaliers sont assaillis à droite et à gauche par une grêle de balles. Un quart tombe en route, le reste s'engouffre au galop dans la rue barricadée de Morsbronn, où le 80e régiment prussien, embusqué dans les maisons, le décime en tirant des fenêtres.

Quelques instants plus tard, la division de cavalerie du général Bonnemains, pour donner à nos troupes délogées d'Elsashausen le temps de gagner les hauteurs, recommence avec le même héroïsme la même folie. Reçus à coups de mitraille, ils sont forcés de se disperser, après un massacre inutile.

A cinq heures, la bataille est perdue et la retraite commence. Mais de tous côtés nos troupes en désordre se heurtent contre l'ennemi, qui les reçoit à coups de canon et de fusil. Sans l'arrivée de la division Lespart, la déroute se changeait en boucherie.

Nous avions 6,000 hommes tués ou blessés, et nous laissions entre les mains de l'ennemi 9,000 prisonniers.

Les Allemands avaient perdu 10,000 hommes tués ou blessés.

Le même jour, à cent kilomètres nord-ouest de Frœschwiller, se livrait la bataille de Spickeren.

Le général Frossard, avec une armée supérieure à l'ennemi et une position très forte, trouva moyen de perdre la bataille; et le maréchal Bazaine, ayant 40,000 hommes sous la main, prêts à marcher au premier signe, laissa tranquillement détruire une armée française, parce que celui qui la commandait jouissait à la cour d'une influence qui lui portait ombrage.

Les Français se retirèrent, sans être inquiétés, par Œtingen, et gagnèrent Sarreguemines. Ils avaient perdu à cette bataille, qu'il eût été si facile de gagner, environ 4,000 hommes. Les Allemands en avaient perdu 5,000.

L'aile droite de l'armée se retira sur Châlons sans songer à détruire derrière elle ni les ponts, ni les tunnels.

L'aile gauche, placée sous les ordres de Bazaine, investi du commandement général de cette armée, opéra un mouvement analogue sur Metz.

Restait à savoir ce qu'on ferait de cette armée. On changea quatre fois d'avis au quartier général. Enfin on décida que le mieux serait de se retirer sur Verdun.

Pendant ce temps, les Allemands s'avançaient sur le territoire français.

Interrompons un moment la marche des armées pour dire quelques mots sur deux sièges célèbres par le courage héroïque des assiégés : Toul et Strasbourg.

Le 11 août, la division badoise occupait les hauteurs au nord-ouest de Strasbourg; le 13, elle s'établit dans les villages qui entourent la ville; le 14, le général Werder arriva avec l'ordre de commencer le siège.

Le bombardement commença.

Les fortifications de Strasbourg pouvaient être suffisantes pour résister efficacement à l'artillerie d'autrefois; mais les canons à longue portée devaient en avoir facilement raison. Quant à l'armement de la place, il se réduisait à 250 bouches à feu de calibres différents et à un petit nombre de mortiers. Les forces dont disposait le général Uhrich se montaient à 20,660 hommes.

L'armée d'investissement se composait de 55,000 hommes, 212 canons rayés, 100 mortiers lisses. On avait de plus établi en batteries, à Kehl, 45 pièces.

Le bombardement devint formidable le 23. Un grand nombre d'incendies se déclarèrent, parmi lesquels le toit de la grande nef de la cathédrale. L'arsenal, la bibliothèque, le temple Neuf, le palais de justice, le faubourg de Pierres et le faubourg National, furent mis en ruines. Les habitants n'avaient de refuge que dans les caves, où plus d'une fois les obus vinrent les frapper. Mais rien ne put triompher de leur courage. Une sortie tentée le 2 septembre échoua, grâce aux espions qui avaient prévenu l'ennemi.

Il était manifeste que la ville ne pourrait tenir bien long-temps. Les Allemands établissaient chaque nuit de nouvelles batteries, et les parallèles qu'ils avaient creusées, dans la nuit du 29 août, se rapprochaient de l'enceinte.

Le 27 septembre, au matin, 200 pièces ouvrirent le feu avec la dernière violence. Le soir, le drapeau blanc fut arboré, et le lendemain la capitulation fut signée.

Le siège avait duré quarante-quatre jours, pendant lesquels la population avait été admirable de courage et de dévoue-ment.

La place de Toul commandait le chemin de fer de Frouard à Paris, indispensable aux Allemands, qui avaient besoin de diriger sur Paris un attirail immense de siège. Ils savaient que la petite place était très mal armée, et qu'elle n'avait guère d'autres défenseurs que des troupes de dépôt qui n'avaient jamais été exercées.

Malgré tous ces désavantages, le commandant Huck, se-condé par le capitaine Roger, du 4ᵉ cuirassiers, résolut de prolonger la résistance aussi longtemps que possible.

Le siège dura trente-huit jours, pendant lesquels 12,000 pro-jectiles furent lancés sur la ville.

L'énergie du commandant Huck avait contraint les Allemands à ralentir leurs opérations en les obligeant à attendre la red-

dition de la place pour le transport de leur matériel de siège.
Sans le courage de ce bon patriote, la ville eût été, comme
tant d'autres, livrée à la première sommation.

Revenons maintenant à la marche de l'armée.

Le maréchal Bazaine avait reçu l'ordre de passer la Moselle
le plus tôt possible et de gagner la Champagne par Verdun.
Il n'y avait pas de temps à perdre, car les ennemis nous suivaient de près. Malgré cela, au lieu de se hâter, il demeura à
Borny près de vingt-quatre heures, comme si rien ne
pressait.

Une précaution essentielle eût été de détruire les ponts qui
se trouvaient sur la route de l'ennemi; on pouvait par là ralentir sa marche; on n'en fit rien.

Sans les facilités que ces ponts fournirent aux Allemands,
l'armée française n'aurait peut-être pas eu à livrer la bataille
de Rezonville, qui eut pour conséquence celle de Saint-Privat-
la-Montagne.

Le 14 août, le général Goltz se jeta avec l'avant-garde du
VIIe corps prussien sur les troupes françaises qui occupaient
les hauteurs de Colombey. La tentative était téméraire, car le
général ne pouvait pas mettre en ligne plus de 80,000 hommes.

Comme à Spickeren, il eût été facile d'écraser l'ennemi; car
le maréchal Bazaine, en rappelant les troupes qui n'étaient
qu'à quelques kilomètres de Metz, pouvait opposer 100,000 combattants au moins à l'ennemi. Il ne le voulut pas, et refusa de
prendre l'offensive, sous prétexte de ne pas retarder la retraite
sur Châlons.

Après avoir combattu jusqu'à neuf heures du soir, les Français reculèrent pas à pas, de façon à ramener le corps d'armée

dans la direction de Borny. Nous laissions 3,600 hommes sur le champ de bataille.

Ne nous étendons pas plus longtemps sur les détails navrants de cette triste histoire, si semblable par les fautes, les trahisons, les désastres, du commencement à la fin! Glissons maintenant rapidement sur toutes ces étapes douloureuses où tant de nos soldats sont restés!

Pendant que Bazaine opérait sa retraite sous Metz, l'armée de Châlons marchait vers la Meuse. La pluie s'est mise à tomber, et il pleut toujours. Nos soldats mouillés, harassés, mourant de faim, ou n'ayant qu'une nourriture insuffiante, quelquefois même ni pain ni biscuit, quittent les rangs, se dispersent pour chercher des abris, se glissent dans les meules de blé et s'endorment dans la paille. Aux étapes, on ne trouve ni à boire ni à manger; ce qui suffit pour expliquer l'indiscipline dont se plaignent les officiers. Des hommes qui marchent tout le jour sous la pluie, qui couchent toute la nuit dans la boue, et qui meurent de faim, ont bien quelque raison de se plaindre d'un pareil régime, quand il eût été si facile de le leur épargner.

Nos soldats ont montré, dans bien des circonstances, qu'ils savent se résigner aux plus extrêmes privations, à la condition toutefois qu'elles ne leur soient pas imposées par des négligences coupables. D'un autre côté, nos soldats avaient perdu confiance dans leurs chefs.

A Beaumont, l'armée fut encore surprise par les Prussiens. Le général commandant le 5ᵉ corps devait cependant s'attendre à une attaque prochaine. Les collines boisées qui dominent la ville ne furent ni occupées, ni surveillées. Ni reconnaissance, ni grand'gardes, ni sentinelles. Les armes étaient en faisceaux, les chevaux dételés, les officiers dispersés dans les auberges; un grand nombre de soldats lavaient leurs vêtements, d'autres démontaient leurs fusils pour les nettoyer, lorsqu'un obus tomba au milieu de cette multitude désarmée et insouciante. L'armée était surprise une fois de plus.

A Mouzon eurent lieu des scènes épouvantables et des actes de courage héroïque. Les gens du pays affirment que le nombre des Allemands tués n'était pas inférieur à celui des Français; ce qui montre avec quel acharnement s'étaient défendus nos malheureux soldats, quoique surpris et poursuivis par un ennemi bien supérieur en nombre.

Le 7e corps, qui se rendait d'Oches à Carignan, attiré par le bruit du canon, avait essayé de venir au secours du 5e corps; mais les Allemands, qui occupaient déjà tout l'espace compris entre Baucourt, Stonne et Beaumont, se jetèrent sur lui en grandes masses.

Sur une grande partie de la route, nos troupes eurent à subir le feu des batteries ennemies, établies sur les hauteurs qui dominent le cours de la Meuse. Sans l'arrivée du 12e corps, qui, de l'autre côté de la Meuse, protégeait la retraite du 7e et les bagages du 5e, engagés sur la même route, cette marche aurait pu se changer en un véritable désastre.

Enfin, le corps d'armée passa la Meuse à Reuilly, tandis que l'artillerie et les bagages se mettaient en route sur Sedan par le Pont-Maugis et Wadelincourt, en passant au pied des escarpements qui descendent de la Marphée jusqu'à la rive gauche de la Meuse, suivis de près par les Allemands, qui se trouvèrent bientôt maîtres de la Marphée et des hauteurs de Pont-Maugis.

Une fois maîtres de la rive gauche de la Meuse, ils poussèrent une reconnaissance à Bazeilles. Après une lutte d'une demi-heure, ils s'emparèrent du pont du chemin de fer, qu'on n'avait pas fait sauter. Leurs batteries du haut de Liry assuraient d'avance le succès de leurs efforts sur ce point.

Les Bavarois en furent délogés par une brillante charge de la brigade d'infanterie de marine. L'ennemi s'enfuit, sous la protection de ses batteries, qui ne cessèrent de canonner Bazeilles jusqu'à la nuit.

Hélas! comme toujours, on négligea les précautions essentielles : à deux cents pas de l'ennemi, les troupes françaises s'endormirent sans établir des postes suffisants; les abords du village n'étaient pas gardés. Les compagnies bavaroises purent s'avancer jusqu'à quelques barricades, où s'engagea rapidement un vif combat de maisons. En même temps, des batteries bavaroises, établies sur les hauteurs de Reuilly, couvraient d'obus le village et les troupes françaises.

Le maréchal de Mac-Mahon fut blessé par un éclat d'obus. Dans une charge de cavalerie, le vaillant général Margueritte tomba mortellement blessé.

Après des prodiges de valeur, notre armée, écrasée par la supériorité numérique de l'ennemi, fut obligée de battre en retraite.

Le général de Wimpffen, décidé à forcer la ligne de l'ennemi, se dirigea sur Sedan pour faire part de son projet à l'empereur, qui était arrivé dans la place le 30 août. Là, il trouva le drapeau blanc flottant sur les remparts. Alors il

entra dans la ville et appela les soldats au combat. Il en ras-
sembla deux mille de tous corps et deux bouches à feu. Avec
cette poignée de braves gens, il s'empara du faubourg. Mais
le nombre des braves qui l'avaient suivi se trouva bientôt
amoindri, et les renforts qu'il espérait n'arrivèrent pas. Les
soldats, en voyant flotter le drapeau parlementaire, considé-
raient la lutte comme terminée; alors il se produisit en eux
cette réaction de lassitude et d'inertie qui suit toujours les
pénibles efforts; le général ne put les ramener au combat et
sauver notre dernière armée d'une honteuse capitulation.

Le 2 septembre, l'empereur signa la capitulation; l'armée
entière était aux mains des Allemands.

Après avoir désarmé nos malheureux soldats, on les conduisit, au nombre de vingt-cinq mille environ, dans un espace
entouré d'eau.

Cette presqu'île en fer à cheval, dont les deux extrémités
sont reliées par le canal de dérivation, est située à deux kilomètres de Sedan, et bordée par la Meuse, qui décrit en cet
endroit une courbe très prononcée. Grâce à cette situation,
quelques canons et quelques sentinelles suffisaient pour garder
toute l'armée française.

C'est là que, pendant dix jours, sans abri, sous une pluie
incessante, au milieu d'une boue profonde, à peine nourris, on
les laissa. Jamais prisonniers ne furent traités avec plus de
cruauté.

Ce n'est pas tout.

Les Bavarois, une fois maîtres de Bazeilles, s'acharnèrent
sur lui avec une férocité de cannibales. Trouvant que ce n'était
pas assez que d'avoir brûlé la moitié du village, ils mirent le

feu aux maisons que le bombardement avait épargnées. Des
malheureux, des femmes, des enfants, effarés de terreur,
furent massacrés. Un grand nombre d'habitants, hommes et
femmes, les mains liées derrière le dos, furent conduits devant le conseil de guerre, établi sur le chemin qui conduit de
Bazeilles à Daigny. En face d'eux se tenait, l'arme au bras,
le peloton qui devait les fusiller. C'est là que le général en chef
de l'armée bavaroise prononça ces paroles :

« Sachez-le bien, toutes les villes et les villages dont les
habitants tireront sur nos troupes seront brûlés comme
Bazeilles. »

L'homme qui, en face de l'ennemi triomphant, refuse de
prendre la force pour le droit, et s'expose à la mort pour
défendre sa patrie, sa famille, sa maison, ne doit pas être
traité comme un criminel, et on ne peut refuser à une population
envahie le droit de se défendre, de repousser l'envahisseur.

La grande terreur des Allemands était que les habitants des
villes et des campagnes ne prissent part à la défense; aussi
étaient-ils décidés à être sans pitié pour quiconque donnerait
l'exemple de ces résistances locales, dont la seule pensée les
épouvantait.

Il est certain que si les paysans s'étaient défendus, si les
campagnes s'étaient armées, coupant les convois, harcelant
les corps isolés, la situation pouvait devenir grave pour
l'ennemi.

Le crime de Bazeilles restera pour les Allemands une tache
ineffaçable.

Le général Vinoy, qui commandait le 13e corps et se trouvait
à Mézières, s'empressa de quitter la ville, à la nouvelle de la

capitulation de Sedan, et se déroba par une marche de nuit. Après avoir couru de réels dangers, le 13e corps tout entier arriva à Paris le 8 septembre.

Pendant ce temps, les deux armées allemandes marchaient ensemble sur Paris. Le 19 septembre, l'investissement était complet.

La déchéance de l'empereur et de sa dynastie avait été déclarée le 4 septembre, et la République proclamée. Une fois installé, le gouvernement de la Défense nationale s'occupa activement d'organiser la défense.

Si la France avait subi la paix immédiatement après Sedan, elle serait restée sous le coup d'une humiliation qui l'aurait rejetée au dernier rang des nations, tandis que la prolongation de sa résistance a eu pour résultat de lui rendre l'estime et la sympathie de l'Europe. Elle a été vaincue, il est vrai, mais elle a sauvé l'honneur.

Des engagements eurent lieu d'abord à Choisy-le-Roi, Châtillon, Malmaison, où nos braves soldats, commandés par le général Vinoy, montrèrent un courage digne d'un meilleur succès.

Nous ne suivrons pas les colonnes allemandes dans la série des dévastations qu'elles accomplirent autour de Paris. Nous citerons cependant les cruautés qu'ils commirent à Rantigny, à Angy, à Ablis, dont ils massacrèrent une partie des habitants, après avoir incendié leurs villages.

La province n'avait à opposer à l'invasion allemande que des troupes composées de mobiles, dont l'instruction militaire était presque nulle; aussi la défense ne présenta-t-elle aucun fait important.

Après un rôle peu brillant, la 1ʳᵉ armée de l'Est fut réunie à

La République proclamée.

l'armée de la Loire, sous le commandement du général Crouzat.

Après les combats malheureux de Cercottes et d'Artenay (10 et 11 octobre), les Allemands entrèrent dans Orléans, brûlant les villages de Varèze et de Civry, où quelques uhlans avaient été tués.

A Châteaudun, ses défenseurs, au nombre de 1,300, résolurent d'empêcher les Prussiens de passer et barricadèrent les rues. Pendant sept heures, cette héroïque poignée d'hommes, bien secondée par les habitants, tint en échec toute l'armée allemande. Les francs-tireurs, refoulés par les masses grossissantes des ennemis, se jetèrent sur eux à la baïonnette et les forcèrent à reculer.

Pour se venger de cette résistance, le général Wittich fit piller et brûler la ville, et fit périr dans les flammes des femmes, des enfants, des vieillards.

Epernon était occupé le 6 octobre; Dreux, le 25; Saint-Quentin quelques jours après.

L'armée française se décida alors à marcher vers Paris, en passant par Orléans, qu'il s'agissait de reprendre aux Allemands.

L'opération fut ajournée par la nouvelle de la chute de Metz, que le traître Bazaine avait livré sans même essayer un suprême effort! Cette infamie enlevait à la patrie plus de 100,000 de ses défenseurs; les armes, les canons, les drapeaux, et la plus forte citadelle de France.

Notre armée hésitante n'osait faire un pas en avant; cependant, le 7 novembre, elle se mit en marche.

La bataille de Coulmiers, notre première victoire depuis le commencement de la guerre, frappa de stupeur les Allemands. Beaucoup, en France, se firent illusion sur le résultat final;

on vit, dans ce succès, un présage certain de nos victoires de l'avenir.

Incendie de Châteaudun.

A partir de ce jour se forma, dans la population parisienne,

7

la garde nationale, la presse, les municipalités, le gouvernement, la conviction qu'il fallait sortir de Paris et marcher au-
devant de l'armée victorieuse, qui, sans tenir aucun compte
des forces ennemies accumulées dans la direction de Rouen,
marchait vers Paris. Alors on arma toutes les rives de la
Marne, depuis Charenton jusqu'à Avron, sur une étendue de
plus de deux lieues. Ce fut un travail immense.

Lorsque tous ces préparatifs furent terminés, l'ennemi occupait Rouen et presque toute la Seine-Inférieure.

Les Allemands firent affluer sur les rives de la Marne tout
ce qu'ils avaient de troupes disponibles; bientôt des engagements eurent lieu. L'amiral Saisset s'empara du plateau
d'Avron, que l'on s'empressa d'armer.

Devant Cœuilly et Villiers, nos troupes se font héroïquement massacrer, mais elles enlèvent le village de Drancy, Epi-
nay, et la ferme de Groslay.

Pendant la nuit du 30 novembre au 1er décembre le froid
devint très vif; bien que nos malheureux soldats couchassent
sans couvertures sur la terre glacée, Champigny, le Four-à-
Chaux, Bry, tombent en notre pouvoir.

Pendant ce temps, l'armée de la Loire, l'espoir de la France,
évacuait Orléans. Le commandement fut enlevé au général
d'Aurelle de Paladines, et l'on forma deux armées des
15e, 16e, 17e, 18e, 20e et 21e corps, comprenant ensemble
220,000 hommes, sous les ordes des généraux Chanzy et
Bourbaki.

Chanzy livra plusieurs combats glorieux, mais il dut se
résigner à la retraite pour deux raisons : l'inaction de Bourbaki et la marche du corps allemand sur Blois. Il arriva au

Général CHANZY.

Mans le 19 décembre et s'occupa de réorganiser son armée; sans attendre les attaques de l'ennemi, il reprit l'offensive.

Dans l'Est, après le départ du 20ᵉ corps, sous les ordres du général Crouzat, il n'était pas resté de troupes capables de tenir la campagne; mais le général prussien Werder n'était pas plus tranquille pour cela : les francs-tireurs du commandant Bourras tenaient les environs de Pesmes; les garibaldiens étaient à Dôle et dans la forêt de la Serre; toute la population était soulevée contre l'ennemi.

Garibaldi était venu, le 9 octobre, malgré son âge et ses infirmités, offrir son épée à la France. Le gouvernement l'avait chargé d'organiser l'armée des Vosges, dont il lui donna le commandement. Des Italiens, des Polonais, des Hongrois, des Espagnols, étaient venus se mettre sous ses ordres; à cela il faut joindre francs-tireurs, volontaires, guérillas, chasseurs, gardes mobiles, le tout se montant à 15,000 hommes.

Une armée ainsi composée ne pouvait pas avoir une grande cohésion. Cependant, il s'y trouva de véritables héros.

Werder eut à soutenir en Bourgogne une véritable guerre d'Espagne. Malheureusement, il n'y eut aucun concert entre les mouvements des troupes françaises; Cremer, Garibaldi, Pellissier, Bourras, agissaient tous isolément; avec plus d'accord, ils auraient détruit le XIVᵉ corps allemand.

Après avoir échoué à Héricourt, le général Bourbaki opéra sa retraite sur Besançon, où l'armée ne trouva pas les vivres qu'on lui avait promis.

La température était excessivement froide, les routes impraticables, et, pour comble, des malentendus encore inexpliqués avaient livré à l'ennemi plusieurs des passages les plus importants. Ne sachant plus comment sauver son armée , poursuivi par l'idée qu'on l'accuserait peut-être de trahison, le général Bourbaki se tira un coup de pistolet dans la tête.

Le général Clinchant le remplaça. Il venait de concentrer son armée autour de Pontarlier, quand il apprit la signature de l'armistice ; en même temps il recevait l'ordre de suspendre les hostilités.

Pendant ce temps, les ennemis lui coupèrent la retraite, et il ne resta plus à l'armée d'autre moyen d'échapper à une capitulation que de se réfugier sur le territoire suisse.

Nous ne devrons jamais oublier que nos pauvres soldats ont été accueillis avec empressement et soignés avec le plus grand dévouement par les Suisses.

Nous n'entrerons pas dans le détail des tristes événements qui ont marqué la fin de cette horrible guerre, rendue plus pénible encore par un froid intense de plus de 14 degrés. Neuf cents cas de congélation s'étant produits dans une nuit, il fallut faire rentrer les troupes et abandonner tout projet de sortie.

Le 27 décembre, les Allemands, ayant achevé d'installer leurs batteries de siège, commencèrent le bombardement du plateau d'Avron, des forts de Rosny, de Noisy et de Nogent.

Le 5 janvier, les forts de Montrouge, d'Issy et de Vanves furent attaqués ; mais, cette fois, les Allemands, pour effrayer la population, envoyèrent, la nuit, leurs obus sur toute la partie de la ville qu'ils pouvaient atteindre.

L'indignation des Parisiens fut grande lorsqu'ils reconnurent que les objectifs désignés aux pointeurs étaient d'abord

Colonel DENFERT.

les hôpitaux, puis les églises, les asiles, les établissements scientifiques, et enfin les cimetières.

Malgré ses souffrances morales et physiques, pendant ce siège de plus de cent jours, la population ne se lassa pas d'espérer. On attendait une victoire de Chanzy, un succès de Faidherbe, un triomphe de Bourbaki. On attendait surtout une sortie, un combat.

Cet espoir dominant les souffrances, la famine, les craintes, les lassitudes; ce sentiment qu'il fallait résister jusqu'à la dernière minute, et qu'il fallait combattre encore avant de succomber; cette résignation à supporter les privations du corps et de l'âme, ne sont pas les signes d'une nation tout à fait décrépite, d'où la vie se retire et où le cœur ne bat plus! Une nation meurtrie, qui sait encore souffrir, combattre et se sacrifier, doit voir un jour son relèvement complet.

Cependant Belfort tenait toujours, grâce à l'énergie du colonel Denfert.

La nouvelle de l'armistice jeta un peu d'hésitation parmi ses défenseurs, mais le colonel déclara qu'il irait jusqu'au bout.

Les assiégeants envoyèrent sur la place 12,000 obus par jour; et dans la ville assiégée, où il ne restait plus que des ruines, personne ne songea à se rendre. Cependant, le 13 février, une dépêche du gouvernement français ordonna au colonel de rendre Belfort.

Le 18, la garnison sortit avec les honneurs de la guerre, emportant ses armes, ses drapeaux, ses bagages et les archives de la place.

L'investissement avait duré cent huit jours, et le bombardement soixante-quinze jours. Le siège de Belfort peut être considéré comme un modèle de belle défense.

Honneur aussi à la petite place de Bitche ! Attaquée dès le 7 août, bloquée, bombardée, détruite, elle n'ouvrit ses portes que le 27 mars 1871, sur l'ordre du gouvernement français. La garnison refusa de se faire rendre les honneurs; les Bavarois se tinrent en dehors des vues de la place, et ne firent leur entrée que quand le dernier homme fut parti. La garnison emmenait ses drapeaux, ses armes, ses munitions, ses bagages, ses chevaux, ses voitures, et 14 pièces de canon.

Si la France avait eu en ce moment un sentiment vrai de la situation, elle aurait compris qu'un peuple de 38 millions de citoyens peut venir à bout, s'il le veut, d'un million d'envahisseurs. Si tous les Français avaient organisé partout la guerre d'embuscades et de surprises, les Allemands auraient été forcés de lâcher prise. Avec des villes résolues à imiter l'exemple de Châteaudun, et des paysans embusqués partout, derrière les haies et dans les bois, il est évident que les ennemis auraient été bientôt réduits à l'impuissance.

Mais la France était lasse des souffrances qu'elle endurait depuis quatre mois; les départements envahis étaient ruinés; la lutte à outrance n'avait plus guère de partisans que dans un petit nombre de grandes villes.

La paix s'imposait. Elle fut signée à Francfort le 18 mai 1871.

Nous perdions l'Alsace et la Lorraine, et devions payer à la Prusse une indemnité de guerre de 5 milliards.

La place de Bitche.

IX.

Deux coquins.

Le jour est à son déclin et jette une note triste dans la chambre où M. le comte Frédérick Schuster est occupé à entasser pêle-mêle, dans des malles, des vêtements, du linge, des bibelots précieux, qu'il prend fiévreusement dans les armoires et sur les meubles. Aucun domestique ne l'aide dans ce travail, qu'il suspend de temps en temps pour aller coller son œil inquiet à la vitre.

Au bruit de la portière retombant brusquement, il se détourne.

Un homme d'un certain âge, à l'aspect vulgaire, malgré sa tenue soignée, s'avance vers le comte.

— Laisse là ta besogne, dit-il, et descends recevoir les visiteurs qui t'arrivent.

— Des visiteurs? Ils choisissent bien le moment !... Dis-leur que je n'y suis pas.

— Ce qui veut dire que je les mette à la porte, n'est-ce pas? Impossible, mon cher, ce sont des soldats qui ont des billets de logement.

— Que le diable les emporte! s'écria le comte, rouge de colère. Et c'est pour de pareils gens que tu me déranges!... Tu n'as pas pu, tout seul, t'occuper de les loger? Ah ça! pourquoi est-ce que je te paye? Bientôt c'est moi qui te servirai, si cela continue!

— Je suis ton intendant, ce qui devrait signifier un autre toi-même, c'est-à-dire un homme pour lequel on a des égards. En réalité, je suis toujours ton domestique, et tu ne ménages pas les humiliations! Tu oublies souvent, Frédérick, que d'un mot je pourrais te perdre.... Prends garde!...

— N'oublie pas, Francis, répondit Frédérick, que si tu m'as rendu service, je t'ai largement payé, et tâche de garder tes distances.

— Mes distances! ricana Francis; mais, mon cher, tu n'es qu'un coquin, ni plus ni moins! Nous nous valons.... Donc il est superflu de le prendre de si haut avec moi. Depuis quelque temps, je remarque que ton aversion pour moi va grandissant; il ne peut en être autrement; ma vue te rappelle des choses que tu voudrais oublier.... Mais tu as beau faire, je ne quitterai pas ce château, car j'ai fait le rêve d'y être un jour le maître.

— Je vois que je serai contraint de te faire enfermer, à quelque jour, dans une maison de fous! dit Frédérick en haussant dédaigneusement les épaules.

— Ma haine fera mieux pour toi, Frédérick, répondit froidement Francis. Tu n'as reculé devant rien pour t'assurer la possession de la fortune que tu convoitais ; tu as laissé mourir une mère, tu as fait ton possible pour compromettre la vie de son enfant, que tu as fait disparaître. Et pour jouir plus vite du fruit de ton crime, tu as aidé le vieux à mourir.... C'est moi qui les vengerai !

— Tais-toi, Francis ! s'écria Frédérick en allant s'assurer que personne n'écoutait à la porte ; parle plus bas ; ce sont nos petites affaires qui ne regardent personne. Rodolphe peut venir d'un moment à l'autre....

— Il s'amuse à chasser dans le parc, pendant que tu prépares ta fuite et la sienne. C'est ainsi que tu as élevé ton noble rejeton, Frédérick ! Ce garçon bien portant, bien bâti, va quitter son pays pour n'avoir pas à le défendre !...

— Je ne veux pas qu'on me le tue, entends-tu bien ! s'écria Frédérick en secouant le bras de Francis. Que m'importe le pays ! Mon fils avant tout !

— C'est une honte, y as-tu pensé ?

— Je vois, dit Frédérick d'un air moqueur, que monsieur pose pour le patriotisme !...

— Ne t'en déplaise, noble comte, et dussé-je laisser ma vieille peau dans l'aventure, je décrocherai mon fusil pour courir sus aux Prussiens, s'ils s'avisent de venir par ici.... Mais laissons la conversation et descendons causer à nos jeunes soldats. Je tiens à te voir parmi eux, tu comprendras alors pourquoi.

— Explique-toi, cette réticence m'exaspère.

— Viens..., dit Francis en entraînant le comte.

Dans une salle du rez-de-chaussée, une douzaine de lignards, jeunes soldats rejoignant le régiment où ils sont incorporés, causent avec animation. Les uns se sont assis, les autres arpentent l'appartement, marchant bruyamment et frappant du pied avec impatience.

En voyant entrer le comte, suivi à distance respectueuse par l'intendant, ils firent silence, devinant que c'était le maître du château.

Lui, s'arrêtant au milieu de la pièce, se mit à les toiser dédaigneusement l'un après l'autre; ce qui parut les déconcerter, car ils s'entre-regardèrent pour s'engager mutuellement à prendre la parole.

L'un d'eux s'avança alors vers le comte, lui fit le salut militaire, et dit d'une voix chaude et mâle :

— On nous a donné, à la mairie, un billet de logement pour cette nuit. Nous sommes fâchés, monsieur, de l'ennui que cela paraît vous causer; mais c'est une des conséquences de la guerre, et je souhaite de tout mon cœur que vous n'en ayez pas de plus terrible à supporter. Consolez-vous, nous partirons demain au point du jour; nous nous rendons à Wissembourg, où est le 74e, notre régiment. Vous ne serez donc pas embarrassé de nous pendant longtemps.

— On en prend à son aise avec moi! dit le comte avec aigreur; je dirai au maire ce que je pense de son procédé envers moi.

— Tous les habitants de Moltzen ont des soldats à loger, dit le jeune homme, et je crois que nul autre que vous ne songe à s'en plaindre.... Et il ne peut en être autrement, car nous allons donner notre vie, peut-être, pour empêcher l'ennemi de pénétrer dans le pays.

En disant ces paroles, le jeune soldat avait relevé fièrement sa belle tête, et de ses yeux bleu d'azur, au regard énergique, il regardait en face celui qui accueillait si mal les défenseurs de la patrie.

— Voilà où l'on en est déjà réduit ! s'écria le comte, cette soldatesque im....

Il n'acheva pas. Bouche bée, le regard comme rivé sur celui qui lui parlait, il semblait immobilisé, anéanti.

Son interlocuteur éprouvait une impression dont il ne se rendait pas compte, et son regard incisif semblait vouloir fouiller jusque dans l'âme de cet homme dont l'allure lui paraissait si étrange.

Francis, après avoir joui un moment de cette scène, y mit fin en posant sa main sur l'épaule de son maître.

— Où les couchera-t-on? demanda-t-il.

— On a réquisitionné mes chevaux, répondit le comte, en se tournant vers Francis, les écuries sont vides, je les leur abandonne.

— Ils seront mieux dans le pavillon de chasse, dit Francis avec une pointe d'ironie, c'est là que je vais les conduire. Suivez-moi, messieurs.

Il prit une lanterne, car la nuit était obscure, donna des ordres en passant à la cuisine, et ouvrit la marche à travers les allées du parc. Quelques oiseaux, dérangés dans leur sommeil, vinrent voleter autour de la tête de ceux qui troublaient leur solitude; des chouettes firent entendre leur cri lugubre.

— Voilà qui ne nous annonce rien de bon !... dit un des soldats; qu'en dis-tu, Frantz?

— Bêtises que tout cela! répondit le jeune homme interpellé.

8

Ce fut tout ce qui se dit pendant le trajet.

L'intendant se mit en quatre pour installer les jeunes soldats le plus confortablement possible. Bientôt le cuisinier arriva les bras chargés de provisions.

Francis mit le couvert et sortit d'un petit caveau, dont il avait la clef, quelques bouteilles de vin vieux.

— Tenez, mes braves enfants, dit-il, buvez cela au succès de nos armes. Puissiez-vous en avoir souvent de pareil, car le vin généreux donne du cœur au ventre!

— On en aura, je vous le jure, répondit celui qu'on avait appelé Frantz, même si on n'a que de l'eau à boire!... Vous nous consolez un peu du mauvais accueil que nous avons reçu du châtelain. Il est loin d'être aimable, ce fier personnage, et mon cœur se soulevait tellement en le regardant, que j'aurais été heureux qu'il m'offensât pour pouvoir le souffleter. Je ne suis cependant pas querelleur, mais on éprouve quelquefois de ces impressions inexplicables....

— Et qui ont toujours une raison d'être..., murmura Francis.

— Ce n'est pas le cas, répondit Frantz, qui avait entendu, c'est la première fois que je vois cet homme.

— Qui sait?... dit Francis. Et vous venez? demanda-t-il après un moment de silence, pendant lequel les jeunes mâchoires travaillaient ferme.

— De Strasbourg, répondit Frantz.

— C'est votre pays natal?

— Je..., commença Frantz; mais, se reprenant, il ajouta : Oui, oui, c'est mon pays.

— Il me semble que votre figure ne m'est pas inconnue, insista Francis; vous vous nommez?

— C'est possible que vous m'ayez vu chez M. Schnœder, peaussier, rue Nationale; j'y ai travaillé pendant six ans, répondit Frantz, éludant ainsi la question.

— A ta santé, ami, dirent les jeunes gens, en approchant leurs verres de celui de Frantz, à tes succès, à tes prochains galons!

— Oui, à vos galons! dit Francis, en approchant son verre.

— Merci, mes amis, merci! dit Frantz ému.

— Fameux! dit un jeune homme, en faisant claquer sa langue; voilà qui va nous faire oublier un peu la tristesse des adieux!

— Cette tristesse-là ne fera pas trembler votre main, lorsque vous tirerez sur l'ennemi, je l'espère? dit Frantz.

— Sois tranquille, ami, répondit un petit blond à la moustache naissante, on ira au feu sans peur, tu verras!

— Ah! braves enfants! exclama Francis, en essuyant une larme qu'il n'avait pu retenir, vos paroles me font regretter de n'être plus jeune, car je vous suivrais....

— Vous êtes encore vigoureux, mon brave, dit Frantz; en plus, vous avez l'expérience; écoutez l'élan de votre cœur; partez demain avec nous....

— J'ai une fille; c'est le seul être que j'aime au monde; car sa mère est morte en lui donnant le jour. Elle est belle, ma Jeanne! et bonne! et instruite!... Elle n'a que moi pour la protéger, je ne puis la quitter.

— Je comprends cela, répondit Frantz, je n'insisterai pas; restez près de votre fille, c'est à nous à vous défendre.

— Cependant, si les Prussiens viennent mettre leur nez par ici, dit Francis, il n'y aura pas de fille qui tienne....

— Votre main, dit Frantz, que je la serre! C'est celle d'un patriote et d'un brave homme! Camarades, à la santé de M. l'intendant et de sa Jeanne!

Les verres se choquèrent à nouveau.

— Votre nom, jeune homme? dit encore Francis.

— Frantz.... Streicher, répondit le jeune homme, avec une hésitation qui n'échappa pas à Francis.

— Je ne l'oublierai pas! dit ce dernier. Allons, mes braves amis, reposez-vous bien; je serai là au point du jour pour garnir votre sac et boire une dernière fois à vos succès. — Ah! monsieur le comte! mon doux maître! se dit Francis, en reprenant la route du château, vous allez changer de ton avec moi tout à l'heure!...

Et il était si heureux à cette pensée, qu'il avait retrouvé ses jambes de vingt ans! Il ne courait pas, il volait! En quelques minutes, il arriva.

— Ouf! fit-il en se jetant dans un fauteuil, en voilà une aventure! Qu'est-ce que tu en dis, monsieur le comte?

— Quelle aventure? demanda froidement Frédérick; je ne comprends pas.

— Ah! tu ne comprends pas! Eh bien! je vais m'expliquer, dit Francis avec ironie. Le fils de William vit; c'est le beau gars qui t'a si bien remis à ta place. Tu le sais aussi bien que moi, ton trouble t'a trahi.

— Tu es fou! s'écria Frédérick. Et sur quoi bases-tu cette supposition? Il ressemble à William, c'est possible, et je ne nierai pas davantage l'impression désagréable que j'ai éprouvée; mais cela ne prouve absolument rien.

— Aussi n'est-ce pas sur cela que je m'appuie pour affirmer

que le jeune homme en question est le fils de William. La conversation que je viens d'avoir avec lui ne peut me laisser de doute à cet égard....

— Ah!... dit Frédérick en se rapprochant de Francis. Et.... que t'a-t-il dit?...

— Permets-moi, mon très cher, de garder quelque chose pour moi.... Ah! c'est un beau et noble garçon! C'est autre chose que ton bellâtre de Rodolphe! La nature a joliment vengé l'opprimé, il faut en convenir!...

— Francis! s'écria Frédérick, pâle de colère.

— La vue de ce garçon, continua Francis, m'a tellement remué, que je me sens résolu à réparer le mal que tu as fait. Ce jeune homme sans nom va bientôt reprendre le sien, et, avec lui, la fortune qui lui appartient....

— Mais c'est de la démence! s'écria Frédérick, tu ne feras pas cela!

— Oui, je le ferai, dit froidement Francis.

— Je suis bien simple, en vérité, de m'effrayer ainsi, répondit Frédérick; pour accuser quelqu'un, il faut des preuves.

— J'en ai, répondit Francis. Vois-tu, Frédérick, du jour où j'ai été père, j'ai senti en mon âme le regret d'avoir prêté la main à ton crime; ce regret a grandi avec les années, et, avec lui, le désir de réparer un jour le mal que j'ai fait, dussé-je donner mon sang pour le racheter!

— Mais tes preuves?

— D'autres que moi t'ont vu.... J'aurai leur témoignage le jour où j'en aurai besoin. Ce n'est pas tout. Depuis vingt ans je fais des recherches, et j'ai fini par trouver les personnes chez lesquelles la femme de William était descendue avec son

enfant, en arrivant de Québec. Puis, j'ai l'acte de naissance
du petit Fritz; j'ai encore....

— Tais-toi! tais-toi! tu m'épouvantes! Voyons, Francis,
renonce à ton projet!

— Non! non!

— Que veux-tu que je te donne? 100,000 fr., 200,000 fr.?

— C'est une misère qui ne vaut pas la peine que je fasse
taire ma conscience!

— Pose tes conditions; quelles qu'elles soient, j'y sous-
crirai.

— Je veux une donation en règle de la moitié de ta fortune,
et, dans le cas où toi et ton fils viendriez à mourir, je veux que
tu me reconnaisses pour ton héritier.

— Tu es dur!

— Je n'en démordrai pas, et je t'avertis que je ne suis pas
disposé à débattre l'affaire pendant des heures.... Est-ce convenu, oui ou non?

— Oui! oui! oui! s'écria Frédérick en arrêtant Francis, qui
se dirigeait vers la porte.

— Fais-moi un papier tout de suite, et demain, à la première heure, nous ferons demander le notaire.

— Puisque tu le veux ainsi!... soupira Frédérick; et je re-
tarderai mon départ pour te satisfaire.... Oh! mon pauvre
Rodolphe!...

Frédérick mit sa tête dans ses mains et pleura.

— Pleure! pleure, méchant homme! se dit Francis, tu n'es
pas au bout de tes peines!

X.

L'espion.

A la nouvelle que les Bavarois venaient de s'emparer de la maison de douane de Wissembourg, le maréchal de Mac-Mahon envoya la division Douay, qui prit les positions indiquées par le général Ducrot, sous les ordres duquel était placé le général Douay.

La première brigade fut postée sur le plateau de Geissberg, dont l'altitude est de 209 mètres, et qui domine de 45 mètres le fond de la vallée de la Lauter, où est placée la ville de Wissembourg.

La deuxième brigade s'établit à gauche sur la hauteur du Vogelsberg (255 mètres). On occupait ainsi la ligne des crètes qui, par la route de Wissembourg à Bitche, se relie au col du Pigeonnier. Un bataillon du 74° fut placé comme garnison à Wissembourg.

On considérait le mouvement des Bavarois et leur menace d'occuper Altenstatt le lendemain comme une pure fanfaronnade. Quelques reconnaissances, comme nous savions les faire, sans cartes ni lunettes, et ne dépassant jamais trois ou quatre kilomètres, convainquirent le général Douay qu'il n'y avait là rien de bien sérieux.

On dormait donc sur ses deux oreilles à Wissembourg.

Les hommes de corvée sont partis aux provisions dans la ville. Frantz, assis dans le corps de garde de la caserne, attend en silence son tour de faction.

Pensif, rêveur, entouré d'inconnus auxquels il ne peut communiquer ce qui ne les intéresserait nullement, il est absorbé en lui-même. Il songe à cette pauvre femme qui lui a servi de mère; il la voit triste, désolée, pensant à lui, qui est toute sa joie, et tremblant pour ses jours. Reviendra-t-il au pays?... Et s'il y revient, retrouvera-t-il tous ceux qu'il affectionne? Et Strasbourg, sa chère ville, n'aura-t-elle pas à souffrir, elle aussi, de la guerre?

Et sa mère, sa vraie mère, où est-elle? Qui est-ce? Une grande dame? Une artisane? Une misérable?... Pourquoi l'a-t-elle abandonné? Il le sent maintenant, c'est une blessure dont son cœur ne guérira jamais. Sa pensée vagabonde va de l'un à l'autre, sans oublier personne.

Bien des affections se sont révélées à lui lorsqu'il est parti, cela le console un peu. Puis, pour faire une nouvelle ombre au tableau, il revoit ce châtelain arrogant, pour lequel il éprouve

Général Douay.

presque de la haine, et la chambre où il a passé une nuit si
agitée. Il était pourtant bien dans ce lit moelleux dont l'aimable intendant lui avait fait les honneurs, malgré lui.

C'est dans ce lit que, pendant ses heures d'insomnie, la
pensée de sa mère s'était présentée à son esprit pour la première fois, et il ne pouvait oublier l'impression étrange qu'il
avait ressentie.

Lorsque Mme Streicher lui avait appris son origine, il ne
s'était pas arrêté à cette révélation ; le moment était trop
tragique pour cela. Il lui semblait alors que son cœur ne pouvait aimer que celle qui avait pris soin de son enfance ; mais
maintenant il sentait que sa vraie mère avait la plus large
part, et il se demandait s'il n'aurait jamais le bonheur de la
voir, de recevoir ses caresses.

Aurait-il jamais un nom autre que celui qu'il devait sans
doute à la sympathie du capitaine de recrutement : Frantz
Sansnom ; peut-être à une erreur d'inscription ? Mais il saurait
le faire respecter, ce nom du hasard ! Et pas un camarade, à
la caserne, à qui confier toutes ces pensées ! pas une parole
encourageante et sympathique à attendre de ces cœurs
indifférents !

Dans notre pays, on s'applique surtout à dépayser le soldat.
Chez nous, il ne retrouve au régiment ni le village ni la province natale. En arrivant à l'armée, il tombe dans l'inconnu ;
il n'aura autour de lui que les amitiés qu'il aura su se créer
pendant le temps qu'il passera au régiment ; amitiés qui ne
vont presque jamais au delà de cette camaraderie qui s'établit
forcément entre gens contraints de vivre ensemble, et qui ne
se connaissent pas d'ailleurs ; camaraderie d'ennui ou de

débauche, qui n'a pas de racines profondes, et dont l'effet est plus souvent de démoraliser que de relever les âmes.

En Allemagne, au contraire, le soldat suit ses amis d'enfance, tout son village, toute sa province. Il ne sort pas de chez lui. Il continue à vivre près de ceux avec lesquels il est entré dans la vie. En guerre, il retrouve au régiment une seconde famille ; s'il doit tomber en combattant, du moins il tombera entouré d'amis qui rapporteront au village ses dernières paroles, ses adieux, son souvenir.

L'isolement pesait déjà à Frantz, et il lui tardait de se donner « un coup de torchon », comme on disait à la caserne, avec les Allemands, histoire de se changer un peu les idées !

— Eh ! camarade, dit un soldat en s'approchant de Frantz, qu'il secoua par le bras, tu dors ?

— Nullement, répondit Frantz en se levant.

— Alors, tu avais les yeux en dedans simplement pour les tenir chaudement, dit le soldat en riant. Ah ! si le Prussien venait en ce moment, tu pourrais nous prouver que tu n'as pas froid aux yeux !

— Je ne demande que cela, répondit Frantz, et j'espère que....

Un coup de canon, suivi immédiatement de plusieurs autres, coupa la réplique de Frantz, et aussitôt l'officier de service se précipita dans le corps de garde en criant : « Aux armes ! aux armes ! »

Grâce à la reconnaissance peu sérieuse qu'on avait faite la veille, la plus grande partie de l'armée allemande avait pu s'approcher à portée de canon sans qu'on se doutât de son existence. Une batterie bavaroise avait pu gravir la pente au sud de Schweigen sans être aperçue ; une demi-heure après, elle était démasquée soudainement, et le feu commençait sur la ville. Il était sept heures du matin.

— Quel est le brave qui veut se charger de porter une missive au général Douay? demanda le commandant de la place.

— Moi, mon commandant, dit Frantz en faisant le salut militaire.

Le commandant prit une page de son carnet et rédigea, au crayon, une missive chiffrée.

— Tenez, dit-il à Frantz en lui présentant le papier, si ceci arrive à son adresse avant une heure, les galons de caporal sont au bout.

Frantz serra le papier sur sa poitrine et sortit par la porte de Bitche, qui était libre. Grâce aux hautes herbes, il put, en rampant, gagner la colline sans être aperçu; là, une grêle de balles siffla à ses oreilles; sans s'émouvoir, il continua son ascension et arriva sain et sauf au Vogelsberg. Il s'acquitta de sa mission, et reçut les félicitations du général, ainsi que les galons promis.

L'attaque des Allemands fut vive.

Après avoir repoussé énergiquement deux assauts, la petite garnison fut obligée d'abandonner les portes de Landau et de Haguenau, et de se diriger vers la porte de Bitche, espérant que du secours allait leur arriver de ce côté pour protéger leur retraite. Mais des espions allemands, qui étaient dans la place, ouvrirent une poterne; les Allemands entrèrent et se rendirent maîtres de la ville, après une résistance acharnée. Les restes du bataillon du 74e durent mettre bas les armes.

Le IIe et le Ve corps allemands s'étaient joints au XIe et tentèrent de concert l'assaut du Geissberg.

Le général Douay se trouva donc dans l'impossibilité de tenter un effort pour dégager la place de Wissembourg. La situation était critique ; l'arrivée du maréchal de Mac-Mahon et du général Ducrot, qui ne devaient pas ignorer l'attaque, pouvait seule le sauver.

Lorsque le général Ducrot arriva, il était trop tard. Il ne put que recueillir sur la route les restes de la division, qui venait de soutenir héroïquement la lutte contre l'ennemi, dix fois supérieur en nombre.

Frantz, fier de ses galons de caporal si vite gagnés, s'était montré d'une intrépidité qui avait excité l'admiration de ses camarades de quelques heures. Lorsque la déroute sépara les défenseurs de la forteresse du Geissberg et que les débris de la division Douay se dispersèrent dans toutes les directions, Frantz en rallia près de deux cents qui se dirigeaient sur Strasbourg, et les décida à rejoindre la droite de la division, qui s'était repliée sur la route de Haguenau.

Le hasard voulait que l'on fût près de Moltzen, où Frantz décida qu'on ferait une halte de deux heures, afin de prendre la nourriture dont on avait le plus grand besoin. Un peu de repos s'imposait aussi ; on se mettrait en route à la nuit, restauré, reposé, et on arriverait avant le jour à Haguenau.

On prit pour lieu de ralliement le carrefour de la Croix-de-Pierre, situé à un kilomètre du village ; et chacun se mit en quête d'une maison hospitalière.

Frantz, ne voulant pas manquer l'occasion de serrer la main de l'intendant du château, dont l'accueil cordial l'avait touché, se présenta avec quelques hommes à la riche demeure.

Ils furent reçus par celle qui remplissait depuis quelques

heures le rôle de châtelaine, Jeanne, la fille de l'intendant, qui leur fit servir immédiatement un copieux repas.

Frantz se nomma.

— Mon père vous a tellement bien dépeint, lui répondit-elle, que je vous ai deviné.

— Et où est-il donc? demanda le jeune homme.

— A la nouvelle de la défaite de Wissembourg, il a pris son fusil, et, après m'avoir fait ses recommandations, est parti offrir ses services aux francs-tireurs qui sont postés dans le bois voisin.

— Et le châtelain?

— Il a quitté le château ce matin, en compagnie de son fils, malgré une foulure du pied gauche qui le fait souffrir et entrave sa marche. Ils ont l'intention de gagner la Belgique.

— Alors, vous êtes seule ici?

— Je suis seule, oui, monsieur, et cela ne m'épouvante nullement.

— Je suis surpris que votre père, qui vous aime tant, se soit décidé à vous laisser ainsi exposée à toutes les difficultés du moment terrible que nous traversons.

— Si mon père avait agi autrement, répondit la jeune fille en relevant fièrement son adorable tête blonde, j'en aurais bien du chagrin.

— Et s'il trouve la mort pour prix de son patriotisme?

— Je pleurerai la perte de cette affection si chère; mais le souvenir que je garderai de lui sera doux et consolant. Il n'est pas de ceux qui se dérobent, le cher père, c'est un Français ! Vous êtes un brave aussi, vous, monsieur. Mon père m'a beaucoup parlé de vous ; il a, paraît-il, quelque chose d'important à vous communiquer. S'il pouvait se douter que vous êtes ici, il s'empresserait d'accourir, j'en suis sûre.

— Que peut-il avoir à me dire ? demanda Frantz.

— Je ne sais, monsieur. Tout ce que je puis vous dire, c'est que mon cher père a tout prévu : s'il lui arrive malheur, si la guerre se prolonge et qu'il vous soit impossible de revenir d'ici longtemps, il m'a laissé un pli cacheté, à ouvrir si les circonstances le commandent.

— C'est étrange ! murmura Frantz.

— Ainsi, monsieur, c'est convenu, n'est-ce pas, vous reviendrez ? demanda Jeanne.

— Je vous le promets, répondit Frantz. Et maintenant, merci de votre accueil, bon courage, et au revoir, peut-être....

— Au revoir ! dit Jeanne.

Cachée derrière le rideau, la jeune fille suivit Frantz des yeux, jusqu'à ce qu'il eut disparu sur la route.

Frantz trouva les soldats rassemblés sur la place, causant avec animation.

— Tiens, lui dit l'un d'eux, voici le billet qu'un paysan vient de nous remettre, lis.

Frantz le parcourut rapidement; il ne contenait que ces quelques mots :

« Depuis ce matin, deux marchands ambulants, homme et femme, rôdent aux environs du village ; ils sont en ce moment dans le bois. Prenez garde !

« *Un franc-tireur.* »

— Eh bien ! dit Frantz, il n'y a qu'une chose à faire : sus aux espions ! Partageons-nous en plusieurs groupes, et en avant !

Frantz rentra dans le bois avec une douzaine d'hommes, et, en silence, prenant les plus grandes précautions pour ne pas faire de bruit, ils se mirent à explorer le fourré.

Soudain ils aperçurent, au milieu d'un buisson, une femme occupée à mordre dans un morceau de pain fourré de jambon, qu'elle arrosait du contenu d'un petit flacon posé auprès d'elle.

Malgré toutes les précautions que les soldats prenaient pour ne pas être entendus, la femme releva soudain la tête et regarda autour d'elle avec inquiétude. Son chapeau à peine attaché tomba à ce mouvement et mit à découvert une grosse tête ronde, véritable boule, aux cheveux ras, d'un blond roux.

— Cette femme-là, c'est un homme ! s'écria un des soldats, c'est un espion !

Et tous les autres, en se précipitant vers la femme, s'écrièrent : « A mort ! à mort ! » En l'examinant de près, on aperçut, de chaque côté de ses joues et sous son nez, des traces de poils récemment rasés, et les cris recommencèrent de plus belle.

Elle eut beau jurer ses grands dieux qu'elle était une pauvre marchande ambulante; on répondit à cette déclaration, faite d'une voix mâle qui lui donnait un démenti, par des coups de poing, en lui disant :

— Allons, marche !

Elle eut l'air de se résigner; puis, soudain, sortant un revolver de sa poche, elle tira. Le mouvement avait été si prompt, si imprévu, qu'on n'avait pas eu le temps de s'y opposer.

Profitant du moment d'ahurissement causé par son action, elle se précipita en avant, prête à faire feu sur quiconque l'approcherait. Frantz se jeta sur elle et la désarma.

Alors ce fut à qui l'écharperait; on mit ses vêtements en lambeaux. Le malheureux que la balle avait atteint était mort, l'exaspération était à son comble.

Tant que Frantz avait cru avoir affaire à une femme, il avait désapprouvé toute brutalité; mais maintenant qu'il était persuadé que ce déguisement cachait un espion, il laissait faire.

— Vengeons notre camarade, dit un des soldats, pendons l'assassin, l'espion!

— Oui, oui, crièrent les autres.

Et l'un d'eux déchirant sa ceinture de laine, dont il fit une longue et solide bande, en attacha un bout au cou de l'assassin. Puis, après avoir minutieusement inspecté ce qui lui restait de vêtements, on l'attacha. malgré ses cris et ses mouvements énergiques, à la plus forte branche d'un chêne.

Lorsqu'on se fut assuré qu'il avait cessé de vivre, on fit une civière avec des branches d'arbre, et on transporta le corps du malheureux soldat jusqu'au village, pour lui donner la sépulture.

Pendant qu'ils se rendaient à ce devoir, un homme, portant le costume d'un porteballe et se traînant péniblement, appuyé sur un bâton, se dirigeait vers l'endroit où venait de se passer le drame.

— Maudit Francis! se disait-il, j'ai parcouru les environs de la Croix-Rousse, où je devais le trouver, d'après l'avis que je venais de recevoir, et je n'ai seulement pas aperçu un bout de son oreille! Serait-ce une mystification?... Quoi qu'il en soit, je ne resterai pas davantage ici; à la nuit, nous gagnerons Strasbourg, où nous prendrons le train. Mais où donc est mon fils ?...

Et l'homme se mit à crier :

— Rodolphe ! eh ! Rodolphe !

— Crie plus fort, il dort !... dit une voix derrière son dos.

L'homme se retourna brusquement.

Un franc-tireur était là, appuyé sur son fusil, le regardant d'un air ironique.

— Enfin, te voilà, Francis ! Depuis deux heures que je cours après toi, ce n'est pas malheureux.... Tu voulais me voir ! Est-ce pour que je t'exprime ma reconnaissance pour le conseil que tu nous as donné de prendre ce déguisement, grâce auquel les paysans nous ont pris pour des espions et nous ont traqués, depuis le matin, comme des bêtes féroces, nous obligeant de nous cacher dans ce bois pour ne pas être assommés ?

— Tu étais libre de ne pas suivre mon conseil, Frédérick, répondit Francis. De même que si tu avais envoyé ton fils à la guerre, il ne serait pas là !...

Et, du doigt, Francis désigna le chêne. Frédérick poussa un cri rauque, un cri de bête sauvage.

— Misérable ! s'écria-t-il en se précipitant sur Francis, un couteau-poignard à la main, c'est toi qui l'as tué ?

— Non, répondit Francis en parant le coup, je ne suis pas un assassin, moi.

— Tu vas mourir ! hurla Frédérick en essayant de mettre sa menace à exécution.

Francis se dégagea avec peine de cette étreinte, essayant de parer maintenant de la crosse de son fusil.

Soudain un coup de feu retentit. Frédérick fit un tour sur lui-même et s'affaissa lourdement. Il avait reçu une balle dans le front, la mort avait été instantanée.

Une vingtaine d'hommes sortirent des broussailles et s'approchèrent de Francis, qui était resté immobile, muet d'émotion.

— Camarade, dit l'un d'eux en poussant du pied le cadavre, cet homme était un espion ; je l'ai tué pour sauver ta vie, qui appartient à la patrie. Tombons en la défendant, mais non par le poignard d'un vulgaire assassin ! Camarades, un des nôtres vient d'apporter de mauvaises nouvelles au chef ; l'ennemi approche, Strasbourg va bientôt être assiégée. Dans un jour, dans deux jours, les Allemands seront ici. Ecoutez, voici le mot d'ordre, le chef nous appelle.

Et de tous les côtés du bois retentit le cri : « Patrie ! »

XI.

Désastres et ruines.

Strasbourg est située sur la ligne de communication de l'Allemagne du Sud avec la France. Nos ennemis, qui se rappelaient que cette place leur avait jadis appartenu, en convoitaient ardemment la possession.

Citons à ce propos quelques paroles d'une chanson allemande :

« O Strasbourg ! ô Strasbourg ! ô cité admirablement belle, où sont enfermés tant de soldats, où sont emprisonnés aussi, depuis plus de cent ans, ma gloire et mon orgueil ! Depuis plus de cent ans, fille de mon cœur, tu te consumes dans les bras du baron Welche ; mais ta douleur cessera bientôt, ô Strasbourg ! ô Strasbourg ! la fille de mon cœur ! éveille-toi de tes rêves sombres ! ô Strasbourg ! tu vas être sauvée. »

Bien que la place frontière de Strasbourg fût appelée à jouer
un rôle important dans une guerre avec l'Allemagne, elle avait
été négligée de la manière la plus inexcusable. Il était trop
tard pour remédier à cette négligence.

Dans la soirée du 6 août, les fuyards de Wœrth se précipitèrent dans la ville, où ils répandirent les plus effrayantes
nouvelles. Le général Uhrich constitua immédiatement un
conseil de défense, qui s'occupa de placer des troupes dans les
ouvrages extérieurs, de palissader le front le plus menacé, et
de faire transporter les approvisionnements qui se trouvaient
dans les environs.

L'armement se composait de 250 bouches à feu. Pour garnison, il y avait en tout 20,660 hommes, y compris un certain
nombre d'isolés, turcos, zouaves, soldats de ligne, qui n'avaient
pu rejoindre leurs régiments après Frœschwiller, 450 doua-
niers, 90 marins et quelques soldats débandés, 4,400 gardes
mobiles et 3,600 gardes nationaux, qui, non plus que les soldats de dépôt, n'avaient jamais tiré un coup de fusil ni manié
un chassepot.

Le 11 août, la division badoise occupa les hauteurs au nord-
ouest de Strasbourg. Le commandant de la place essaya de
gêner les travaux des ennemis par des sorties, mais sans grand
succès : les troupes de la garnison n'étaient pas assez aguerries.

Le bombardement commença le 14 septembre.

Mme Streicher était dans une mortelle inquiétude au sujet
de Frantz, car elle n'avait pas reçu de ses nouvelles depuis son
départ. Elle s'était informée de lui à quelques soldats du 74e,
réfugiés dans la place après Wissembourg. Ils lui avaient
appris son trait d'audace du début; mais, après l'attaque du

Une vue de Strasbourg.

château du Geissberg, ils ne l'avaient pas revu; ils étaient persuadés qu'il avait péri.

Malgré cette terrifiante nouvelle, la pauvre femme conservait une lueur d'espoir en son cœur, et elle trouvait des paroles de consolation et d'encouragement pour la douleur des autres.

La population était admirable de courage dans la ville assiégée.

Lorsque le bombardement fut annoncé, bon nombre d'habitants se réfugièrent dans les caves. M. Schnœder, qui n'avait pas abandonné la mère de son protégé, l'avait engagée à quitter son logement pour un lieu plus sûr; mais elle s'y était refusée, ne voulant pas quitter le lieu où elle avait passé de si heureuses années avec son fils, et où elle espérait qu'il reviendrait.

Cependant, lorsque le bombardement commença, M. Schnœder, qui faisait partie de la garde nationale, accourut à la demeure de Mme Streicher, espérant vaincre cette fois son obstination, et résolu à l'arracher de force, s'il le fallait, à sa situation périlleuse, pour la conduire dans un des abris blindés qui avaient été construits le long des talus intérieurs des remparts, au moyen de poutres posées obliquement et recouvertes de terre. Là, les familles sans asile, celles dont les maisons étaient menacées, trouvaient un refuge assuré contre les bombes.

La ville semblait déjà une mer de feu; les canons prussiens lançaient sans relâche une grêle d'obus qui portaient dans tous les quartiers l'incendie et la ruine.

C'est au prix des plus grands efforts que M. Schnœder arriva à la demeure de la pauvre infirme.

Un spectacle épouvantable s'offrit à ses regards.

La maison de la veuve avait été atteinte une des premières; elle était en partie écroulée. De plus, une maison voisine, en flammes, commençait à lui communiquer l'incendie.

La petite salle du rez-de-chaussée paraissait intacte; M. Schnœder en ouvrit la porte.

L'appartement était rempli des débris du plafond; tout était brisé, pulvérisé. Il se mit à appeler de toutes ses forces. Il lui sembla entendre un faible gémissement partant des décombres. Il se mit à fouiller, sans souci du crépitement des flammes et du sifflement des projectiles. Après des efforts surhumains, il découvrit le corps de Mme Streicher; elle respirait encore, mais elle était dans un état qui laissait peu d'espoir pour sa vie.

Grâce à un peu d'eau qu'il trouva dans un placard qui avait été épargné, il put rafraîchir la figure de la pauvre femme.

— C'est moi, votre voisin Schnœder, lui dit-il; je viens vous sauver; m'entendez-vous?

Il sentit un léger serrement de main. Le temps pressait. Il essaya de prendre l'infirme dans ses bras; mais cela était difficile, car ce corps inerte ne faisait aucun effort qui pût lui faciliter la tâche. La prendre sur son dos ne lui paraissait pas plus facile; et il était là, indécis, s'arrachant les cheveux de désespoir, voyant les flammes s'approcher, et sentant la fumée le prendre à la gorge et aux yeux. Soudain Mme Streicher remua les lèvres. Faisant un effort suprême, elle murmura :

— Mon fils!

Une pâleur cadavérique s'était répandue sur la figure de la

pauvre femme. M. Schnœder vit qu'elle était à ses derniers moments.

— Soyez sans inquiétude, dit-il en se penchant sur la mourante, son avenir est assuré : dès qu'il sera de retour, il prendra ma suite. Je lui donnerai mon matériel et des fonds, s'il en désire. Je vous jure que je ne manquerai pas à ma parole.

La figure de la mourante s'éclaira, ses lèvres s'agitèrent, sans doute pour dire merci; mais aucun son ne sortit. Ce pauvre corps écrasé eut deux ou trois tressaillements convulsifs, et ce fut tout.

A ce moment, un obus tomba sur la maison voisine. Un pan de mur s'écroula en entraînant ce qui restait de l'étage supérieur. Les flammes se firent jour avec violence et enveloppèrent les tristes ruines. M. Schnœder n'eut que le temps de se précipiter dans la rue, la maison s'écroula derrière lui.

— Pauvre femme! dit-il en poussant un soupir de regret.

Et il courut rejoindre son bataillon.

A mesure que les munitions manquaient dans la place assiégée, les Prussiens redoublaient leurs feux, et le bombardement continuait ses ravages. La famine ne tarda pas à sévir.

Werder décida qu'un assaut définitif aurait lieu dans la nuit du 28 septembre. La veille du jour fixé, deux cents pièces couvrirent la ville de leurs feux.

Le général Uhrich réunit le conseil de défense, et il fut déclaré à l'unanimité qu'il était impossible de repousser l'assaut. Le drapeau blanc s'éleva sur la tour de la cathédrale.

Au milieu d'une douleur immense, d'un sanglot déchirant, Strasbourg capitula!...

Les régiments allemands, musique en tête, défilèrent sur les débris fumants de notre chère Alsace. L'état-major prussien se rangea sur la place d'armes, au pied de la statue du grand Kléber.

Il régnait dans la ville un silence de mort! Tout à coup un long et formidable cri de : « Vive la France! » retentit. Les Prussiens se retournent pour voir quels sont les audacieux qui insultent ainsi leurs lauriers.

C'étaient les enfants de la ville qui s'étaient donné rendez-vous sur la place, pour affirmer la patrie devant les drapeaux du vainqueur, et imprimer à son orgueil le plus sanglant outrage! Ces héros, dont l'aîné avait douze ans au plus, étaient venus là, les uns appuyés sur des béquilles, d'autres le front bandé, d'autres amputés, tous pâles et décharnés!...

Ce cri vibrant et solennel de : « Vive la France ! » poussé par ces pauvres enfants, fit pâlir plus d'un Prussien!

L'établissement de M. Schnœder avait été épargné; il était là, debout, au milieu de maisons en ruines.

Près du lit où M. Schnœder a subi, il y a quelques jours, l'amputation d'une jambe, le vieux concierge et sa femme causent à voix basse.

— Ah! j'étouffe de rage! dit l'homme en déboutonnant le col de sa chemise, nous aurions dû nous laisser tuer jusqu'au dernier plutôt que de subir une pareille humiliation!... Malgré mes soixante-dix ans, si j'avais eu encore l'usage de mon bras droit, je serais tombé à bras raccourcis sur ces musiciens qui semblaient narguer notre douleur!

— Ce n'est pas moi qui aurai la force de supporter cette vue! répondit la femme; je veux partir pour ne pas être Prussienne!

— Tu as raison, ma femme, oui, partons, et le plus tôt sera le mieux.

— Alors, vous allez me quitter? dit M. Schnœder, qui avait tout entendu. Voilà trente ans que tu es au service de ma famille, toi, Victoire; toi, Herbert, il y en a cinquante! Tu m'as vu naître.... J'espérais que vous mourriez chez moi....

— Nous voulons rester Français, patron, dit le vieux domestique; vous ne pouvez nous blâmer de ce désir! Nous vous aimons, cette séparation nous coûtera des larmes, mais nous n'hésiterons pas. Nous ne vous abandonnerons pas à des soins d'indifférents, nous resterons près de vous jusqu'à votre complet rétablissement, mais pas un jour de plus.

— Enfin!... dit M. Schnœder, je n'insisterai pas davantage.... Si j'écoutais mon cœur, je ferais comme vous, je quitterais l'Alsace; mais j'ai un établissement que je ne puis abandonner.... Frantz reviendra, je l'espère, et lui, au moins, me consolera de l'ingratitude des autres!

— M. Frantz est un patriote, répondit le vieillard; je le connais, bien qu'il ait une grande affection pour vous, il n'hésitera pas à la sacrifier à la patrie.

— Les voilà qui passent, les maudits! s'écria Victoire en montrant un poing menaçant du côté de la rue.

Le vieux serviteur se tordit les bras en murmurant :

— Ah! que n'ai-je été écrasé, broyé, anéanti!...

XII.

Jeanne.

Lorsque les Prussiens vinrent mettre le siège devant Strasbourg, toutes les campagnes avoisinantes furent envahies
par eux.

Moltzen n'échappa pas au désastre; un bataillon de la première division d'infanterie, chargé de l'approvisionnement, y
fut laissé. Pour ne pas embarrasser leur marche d'intermi-
nables convois de vivres, les Allemands commençaient à appliquer le système de réquisition dont le pays eut tant à
souffrir. Le roi Guillaume l'inaugura par la proclamation
suivante :

« Nous, Guillaume, roi de Prusse, aux habitants des por-
tions du territoire français occupées par les armées allemandes,
faisons savoir ce qui suit :

« Je fais la guerre aux soldats français et non aux habitants, dont les personnes et les biens seront en sûreté tant qu'ils ne m'enlèveront pas, par des agressions contre les troupes allemandes, le droit de les protéger.

« Les généraux règleront tout ce qui concerne les réquisitions nécessaires aux besoins des troupes, et, pour faciliter les transactions entre les troupes et les habitants, ils fixeront la différence des cours entre les monnaies allemandes et françaises. »

Malgré cette assurance pacifique, l'approvisionnement fut des plus difficiles dans cette région où la population était animée des sentiments du plus pur patriotisme. D'aucuns préférèrent tuer leur bétail et l'enfouir, laisser couler leur bière et leur vin sur le sol, plutôt que de les livrer aux Prussiens. De là un courroux se traduisant par des violences et des exécutions sommaires, bien faites pour augmenter l'horreur de l'habitant pour l'envahisseur.

Une ambulance avait été établie au château Schuster. De nombreux blessés, venant des stations médicales des environs, où on leur avait fait un premier pansement, arrivaient chaque jour.

C'est dans les ambulances qu'il faut aller, au milieu des blessés, pour se faire une idée à peu près exacte des horreurs de la guerre! Là, on peut la juger avec tout son sang-froid, sans en être distrait ni par les préoccupations de gloire militaire, ni par la prédominance des instincts violents, ni par la sensation incessante du bruit, comme sur le champ de bataille.

A la vue de tous ces malheureux, la plupart mutilés, Jeanne

avait éprouvé en son cœur une grande pitié; cependant elle refusa de leur donner ses soins, ne pouvant oublier qu'ils étaient des ennemis de la patrie.

Les francs-tireurs ne se faisaient pas oublier. Il n'était pas de jour qu'ils ne tuassent quelques Allemands. Ils avaient attaqué un convoi de vivres avec une audace étonnante, en plein jour, à deux kilomètres à peine du village. La plupart des hommes d'escorte avaient été tués, ainsi qu'un officier.

Bien que les Prussiens éprouvassent une presque frayeur à aller combattre dans les bois cet ennemi invisible, ils résolurent de détruire la poignée de braves qui les harcelaient ainsi.

Plusieurs officiers supérieurs logeaient au château. Jeanne, l'oreille toujours aux aguets, les entendit fixer l'expédition au point du jour du lendemain.

Alors, quand tout bruit eut cessé au château, et qu'elle jugea que tout le monde était endormi, elle gagna le parc et sortit par une petite porte cachée par un fouillis de lierre, de plantes grimpantes et d'arbrisseaux. Elle se blottit, haletante, dans un buisson de ronces, et tendit l'oreille.

Le bruit seul des pas des sentinelles qui gardaient le château troublait le silence de la nuit.

Grâce à l'obscurité qui était complète, elle put gagner un des sentiers du bois dans lequel elle s'enfonça.

Ce n'était pas la première fois qu'elle venait ainsi, la nuit, embrasser son père, ou prendre de ses nouvelles; l'obscurité ne l'effrayait pas plus que le danger auquel elle s'exposait; aussi s'étonna-t-elle de sentir en son cœur une inquiétude, une sensation étranges; plusieurs fois elle fut obligée de s'arrêter

pour respirer longuement, elle étouffait. Etant parvenue dans
l'endroit appelé « la gorge du loup », elle tira de sa poche un
petit sifflet, et par trois fois fit entendre un sifflement significatif.

A ce signal, un autre répondit à une faible distance, et bientôt apparut un franc-tireur.

C'était précisément un des serviteurs du château, le mari
de la nourrice de Jeanne. Il avait voulu suivre l'intendant,
auquel il était fort attaché. Bon tireur, solide, brave, il avait
été accepté ; ce dont on n'avait pas à se repentir.

— Ah! ma pauvre Jeannette! dit-il à la jeune fille, tu arrives
à temps!... Viens vite, ton père se meurt!

Et il entraîna la pauvre enfant atterrée vers une petite cabane
de charbonnier, servant d'ambulance aux francs-tireurs blessés ou malades.

Sur un lit de mousse et de feuilles sèches gisait Francis.
On n'avait pu extraire la balle qu'il avait reçue dans l'ab-
domen, la veille, et on attendait l'issue fatale d'un moment à
l'autre. Il avait cependant gardé toute sa lucidité d'esprit. Au
bruit de la porte, il ouvrit les yeux.

— Ma Jeanne! s'écria-t-il, la figure irradiée par une joie
immense.

— Mon pauvre papa! dit la jeune fille en se précipitant à
genoux près du lit de feuilles.

Etreignant son père comme si elle voulait le disputer à la
mort, elle se mit à le couvrir de baisers.

— Imprudente enfant! dit le père, tu ne sais donc pas que
les Prussiens nous serrent de près depuis quelques jours? Si
on te surprenait, il pourrait t'en coûter la vie!...

— Je le sais, père, répondit Jeanne. Je sais plus encore :
demain, au point du jour, l'ennemi doit envahir la forêt....

— Sublime enfant, tu sauves mes compagnons d'armes,
sois bénie!... Jean, va chercher le chef.

Bientôt celui qui commandait à cette bande de braves arriva.
Jeanne dit ce qu'elle avait entendu, et il fut convenu qu'immédiatement, sans perdre une minute, la petite troupe quit-
terait le bois pour gagner, par une route encore libre, une
retraite plus sûre.

Le chef voulait emporter Francis sur une civière de bran-
chages qui servait au transport de leurs blessés, mais il s'y
refusa énergiquement.

— Inutile d'embarrasser votre fuite, dit-il; peut-être serai-je
mort dans une heure et même avant,.... — La mort approche à
grands pas, dit-il à Jeanne lorsqu'ils furent seuls; reste là, sur
mon cœur, cela me donnera du courage.... Ne te désole pas
ainsi, ma Jeanne; je meurs pour la patrie! Ce sang versé par
une balle ennemie lavera ma conscience du mal que j'ai pu
faire.... Je te laisse seule; mais patience, bientôt tu seras
riche, aimée et heureuse....

— Heureuse sans toi! Cela ne se peut, pauvre père!... dit
Jeanne en sanglotant.

— Les pères doivent, dans l'ordre des choses, mourir avant
leurs enfants, ma Jeanne; d'autres affections, plus fortes encore que celles que tu as pour moi, te consoleront.... Tu
remettras à Frantz le pli que je t'ai confié, c'est mon testa-
ment.... Je lui donne mon trésor le plus précieux, ma Jeanne,
l'unique héritière des biens immenses des Schuster.

Jeanne cacha sa figure sur le sein paternel.

— Dis-moi si j'ai bien fait, ajouta le père en essayant de soulever la figure de sa fille.

— Ah! je serais trop heureuse!... répondit Jeanne, dont le charmant visage était devenu rouge comme une cerise.

— Maintenant je puis mourir!... dit le franc-tireur. Donne-moi de l'eau, ma Jeanne, j'ai soif!

La jeune fille prit une gourde qui en contenait encore, souleva la tête de son père, et lui donna l'eau, qu'il but à longs traits. Sa figure avait soudainement pris une teinte cadavérique, et ses yeux cet éclat vitré de la mort dont il est la sûre empreinte. Son corps se raidit; il poussa trois soupirs, il était mort.

Jeanne se livra alors à un véritable désespoir. Mais bientôt son âme vaillante lui rappela que dans quelques heures les Prussiens arriveraient, et elle songea à mettre le corps de son père à l'abri de leurs outrages.

Elle remplaça la torche qui s'éteignait, et sortit pour chercher une place où elle pourrait déposer son cher mort.

La « gorge du loup » lui offrit une excavation propice, toute tapissée de mousse. Elle retourna à la cabane. Ne pouvant arriver à porter ce corps, elle eut le courage de le traîner jusqu'à l'endroit choisi, le recouvrit de feuilles, et, lui ayant adressé un dernier adieu, se mit à courir dans la direction du château.

Elle avait mis beaucoup de temps à sa funèbre besogne. Hélas! à l'orient, le ciel s'éclairait d'une lueur rosée, le jour commençait à poindre....

— Ah! la belle fille! dit une grosse voix, en même temps que deux bras vigoureux enlaçaient Jeanne.

— Tiens, tiens, tiens, dit un autre en riant, il y a des amazones dans l'armée des francs-tireurs!

— Laissez-moi! laissez-moi! criait Jeanne en se débattant.

— Qu'est-ce que tu fais dans ce bois, la belle enfant? dit le premier.

— Je l'ai vue au château, cette fille-là, dit l'autre; elle a des intelligences avec les francs-tireurs, c'est une espionne!

— Ah! ma gaillarde! dit le premier d'un air farouche, tu vas voir ce que cela va te coûter.... Dis-nous où sont les francs-tireurs, allons, vite....

— Je n'en sais rien, répondit Jeanne.

— Alors, dit l'autre, prouve-nous que tu ne nous as pas trahis; crie : « Vivent les Prussiens! »

— Vive la France! cria Jeanne, en croisant ses mains sur sa poitrine.

Fous de rage, les deux soldats la frappèrent.

En se débattant entre les mains de ces deux brutes qui se l'arrachaient tour à tour, son nœud d'Alsacienne tomba, et sa belle chevelure blonde, longue et soyeuse, se répandit à flot sur ses épaules. Ses yeux noirs veloutés avaient un éclat pénétrant. Elle était si belle, la patriote, que ces deux Prussiens éblouis arrêtèrent leurs brutalités.

Cependant le plus méchant des deux, revenant à son idée, lui dit :

— Crie, ou cette fois c'en est fait de toi.

— Vive la France! cria Jeanne encore plus fort que la première fois.

Et tout bas, tout bas, elle murmura :

— Adieu, Frantz!...

Un coup de feu retentit, tiré par un nouvel arrivant.

Jeanne tomba foudroyée, murmurant encore : — France!

EPILOGUE.

Deux officiers français, guidés par un homme à l'aspect misérable, suivent en silence un petit sentier à travers bois.

— C'est là! monsieur Fritz, dit le guide au lieutenant, en lui désignant un massif de frênes et de coudriers.

La faible clarté du crépuscule donne à ce lieu un aspect imposant. Au loin, la cloche de la petite église de Moltzen sonne l'*Angelus;* les oiseaux gazouillent en cherchant leur place sous la feuillée; la fauvette chante son hymne du soir; et les chèvrefeuilles, enlacés autour des arbres, exhalent leur doux parfum.

Fritz se laisse tomber sur les genoux, et, la tête dans ses mains, il pleure....

L'officier et le guide s'éloignent de quelques pas, très émus; le guide essuie, du revers de sa manche, une larme qu'il n'a pu retenir.

— C'est ma femme qui l'avait élevée, dit-il à voix basse à l'officier, et nous l'aimions, notre Jeannette!... Ah! ils me le payeront, les monstres, tueurs d'enfants et de femmes!... Grâce au déguisement de mendiant que j'ai pris, je m'introduis partout, j'observe, j'écoute.... On ne peut se méfier de moi, avec ma taille courbée et ma démarche chancelante.... C'est moi qui ai brûlé le château pour que les Prussiens ne l'aient pas; et ce que j'ai tué de Prussiens! et ce que je compte en tuer encore, bien qu'ils soient nos maîtres à présent!... Voici le nœud que Jeanne portait lorsqu'ils l'ont assassinée; je l'ai trouvé à quelques pas de son corps.... Voici une lettre qu'elle avait sur sa poitrine; la balle l'a trouée, et elle est rougie de son sang!... Cependant, on voit encore sur l'enveloppe : Fritz, 74ᵉ. D'ailleurs, le père de la petite m'avait confié ses petites affaires, et je sais qu'elle était adressée à votre camarade. Vous lui remettrez ces deux objets, n'est-ce pas?

— Je vous le promets, répondit l'officier en les serrant dans une de ses poches.

— Merci! merci! dit le brave homme en serrant la main de l'officier. Si ma Jeannette me voit, elle est contente de moi!...

Qu'est-ce que le mort avait révélé à Fritz pendant ces quelques instants?... On eût dit, à la lueur dernière du crépuscule, que quelques fils d'argent s'étaient subitement mêlés à sa noire chevelure....

Il cueillit une petite marguerite, qui avait penché sa tête

comme pour dormir, la mit sur sa poitrine, puis déposa un baiser sur cette tombe, humide de la rosée du soir.

— Que de deuils! que de ruines!... dit-il en se levant brusquement. Ah! je voudrais mourir!...

— Il faut vivre, au contraire, répondit l'officier en passant son bras sous celui de Fritz. Oui, il faut vivre... et se souvenir!

FIN DE « SANS NOM ».

HISTOIRES DE LA BONNE TANTE

I.

Deux compagnons d'infortune.

— Voyons, Robert, disait tante Gervaise, en finiras-tu avec
ta leçon? Voici bientôt une heure que tu tiens ton livre et que,
au lieu d'apprendre, tu t'endors dessus comme un paresseux!

— Si tu crois, ma tante, que cela est amusant d'être assis
toute une soirée à une table avec un livre classique dans les
mains!

— Ce que tu dis là, mon cher neveu, n'est pas tout à fait
exact, puisque, lorsque tu sais tes leçons, il t'est permis de lire
pour t'amuser.

— Pour m'amuser!... Est-ce que tu crois, ma tante, qu'ils m'amusent, ces livres sérieux dont on me bourre la vue? Il me semble que c'est encore l'étude.... Ah! si tu me donnais à lire de ces belles petites histoires comme celles que le parrain de Jean lui a offertes pour ses étrennes!...

— Tu n'as pas tout à fait tort; nous te traitons peut-être un peu trop en garçon raisonnable.... Eh bien! je te promets de t'acheter plusieurs livres de ce genre, si tu apprends tes leçons sans te faire prier.

— Et moi, ma tante? demanda Bernard.

— Je t'en achèterai aussi à la même condition.

— Quand cela?

— A ma prochaine sortie.

— Et si tu es longtemps sans sortir?

— Vous vous en passerez.

— Non, tante chérie, car tu nous raconteras toutes sortes de gentilles choses; alors cela reviendra au même. Tu le veux bien, n'est-ce pas?

— Quelle bonne idée tu as, Bernard! remarqua Robert. Je préférerais cela à un livre, moi aussi. Tu veux nous faire toujours plaisir, chère tante; alors accorde-nous ce que Bernard te demande: nous avons tant besoin d'oublier notre chagrin, tu le sais bien....

— Oui, cher enfant, je sais que tous les trois vous aimez votre bonne mère, et que vous avez bien de la peine que la maladie dangereuse qu'elle subit ait contraint votre père à vous éloigner de la maison paternelle! Ne pleurez pas, mes chéris, elle ne vous sera pas enlevée, cette chère maman, et vous pourrez bientôt la revoir. Mais il faut être bien sages, bien raisonnables. Je vais tâcher de me souvenir du temps si éloigné où j'étais jeune, pour vous procurer quelques distractions.

Je supprime le travail pour ce soir, mais il ne faut pas en faire une habitude, car votre père ne serait pas content. Si nous faisions une partie de loto?

— C'est un jeu abrutissant, dit Robert.

— Une partie d'oie?

— Non, parce que je perds toujours, reprit Bernard.

— Nous préférons que tu nous racontes une histoire, n'est-ce pas, les autres?

— Oui! oui! une histoire! s'écrièrent Bernard et Yvonne.

— Volontiers; et comme la température est très agréable ce soir, nous allons aller nous asseoir sous le berceau de clématites; je vous causerai au clair de la lune, qui est superbe! Qu'en dites-vous?

— Oh! oui! oui! firent Robert et Yvonne.

— Tu ne dis rien, Bernard; est-ce que cette combinaison n'est pas de ton goût?

— Cela m'est indifférent.

— Ta réponse n'est pas l'expression exacte de ta pensée, je le vois bien. Sois sincère, mon petit ami, dis-moi avec ta franchise habituelle ce que tu penses de ma proposition.

— Robert va rire de moi.

— Non, je t'assure.

— J'ai.... j'ai peur d'avoir peur!...

— Je m'en doutais. Ecoute, mignon : tu seras un homme plus tard ; souviens-toi qu'il n'est pas permis à un homme d'avoir peur ; car son devoir est de protéger les faibles contre les forts ; d'affronter les périls et les dangers de toutes sortes dans ce grand débat, dans cette lutte sans trêve ni merci qu'on nomme la vie. Il ne s'agit présentement pour toi ni de dangers, ni de luttes, mais de travailler à te rendre maître de tes impressions. Allons, mes enfants, suivez-moi.

La petite famille s'installe sous le berceau de clématites ; les deux garçonnets s'asseyent en face de leur tante ; la petite Yvonne grimpe sur ses genoux et passe un de ses bras autour de son cou.

— Voyez, mes chers petits, la lune vous fait ses plus gracieux sourires ; il fait clair comme en plein jour. Bon! j'ai oublié le châle de la petite sur mon fauteuil! Va donc le chercher, Bernard ; je vais t'attendre pour commencer l'histoire.

Bernard rougit, mais il se lève et part en courant. Il revient bientôt en chantant de toutes ses forces.

— Merci, mon enfant. Je commence, en vous recommandant de ne pas m'interrompre.

Lorsque, tout petits, vous avez entendu pour la première fois réciter ou que vous avez lu vous-mêmes une fable dans laquelle l'auteur faisait parler les bêtes, vous avez ri assurément, et de bon cœur encore! Eh bien! moi, pour vous amuser et faire épanouir votre gentil minois, je vais faire parler un soulier et une bottine.... Oui, vous avez bien entendu ?

— Un soulier et une bottine ? interrogea Bernard.

— Après tout, quoi d'étonnant à cela ? Est-ce que chacun des objets qui nous entourent, de même que ceux avec lesquels nous nous trouvons accidentellement en contact, ne parlent pas à notre imagination ? Il s'agit de se recueillir et d'é-couter ; usez de ce moyen, et vous entendrez de drôles de choses, je vous l'assure, des choses qui vous feront rire et aussi des choses qui vous feront verser des larmes. Je commence.

Le jour est à son déclin ; il tombe une pluie fine et serrée, une pluie de novembre qui fait claquer les dents ; aussi la rue est-elle à peu près déserte.

Se traînant péniblement, un vieux bonhomme, la hotte au dos, gravit la rue Saint-Maur, l'une des rues les plus aristo-cratiques de Rouen. Le pauvre homme crie de temps en temps d'une voix enrouée : « Raccommodeur d' s' liés. » Ce n'est certes pas dans un pareil quartier que le savetier trouvera de l'ouvrage, vous dites-vous sans doute. A quoi je répondrai : Ce vieux a plusieurs clientes parmi les domestiques de grandes maisons ; puis il faut bien qu'il rentre chez lui, car il a son home, le pauvre diable.... Là-haut, au Mont-aux-Malades si pittoresque, est son échoppe, où il répare et met à neuf les vieilles chaussures qu'on veut bien lui confier. C'est qu'il est habile, le vieux ! Regardez donc sa hotte remplie, elle en dit plus que moi là-dessus.

« Raccommodeur d' s' liés ! » crie toujours le vieux, malgré
la pluie qui tombe à verse.

Une fenêtre s'ouvre, une figure se montre, le vieux lève la
tête.

— Père Nicolas, appelle une voix fraîche, tenez, c'est pour
vous ; vous en ferez ce que vous voudrez.

Joignant le geste à la parole, on lance une paire de bottines
dans la rue.

La fenêtre se referme.

Le bonhomme aurait bien voulu examiner ce cadeau inat-
tendu, mais la nuit était obscure. Il garda les chaussures à sa
main, et plus haut, à la lueur du bec de gaz du bureau d'octroi,
il constata que le cuir de l'une pourrait encore lui être utile,
mais que l'autre ne valait rien. « Triste cadeau ! » s'écria-t-il
en la lançant à l'aventure. Et il reprit sa route un instant
interrompue, en murmurant :

« Chienne de pluie, va ! »

La bottine était tombée contre un mur, dans une flaque
d'eau où sommeillait un vieux gros soulier. Elle avait écla-
boussé un passant qui, n'ayant pas vu le bonhomme, ne savait
à quoi attribuer cet arrosage subit. « Qu'est-ce que cela peut
bien être ? » se disait-il. Et il regardait la flaque d'eau, cherchant à percer les ténèbres. Il se faisait là un remue-ménage
surprenant. Malgré la pluie qui versait, et dont le rêveur ne
perdait pas une goutte, car il n'avait pas de parapluie, il resta
cloué au sol, le corps en avant, l'oreille tendue. Il aperçut enfin
le soulier et la bottine qui se bousculaient de la belle façon.

— Oh! la maladroite! criait le soulier, vous ne pouviez pas tomber autre part que sur moi? Allons, arrière!

— Misérable! s'écria la bottine indignée, est-ce ainsi que l'on parle à une chose telle que moi? Si je ne m'étais blessée dans ma chute, je ne resterais pas un instant près de toi! Tourne au moins ton ouverture de l'autre côté, tu empestes l'air.... Pouah!

Le cheval est un noble animal.

— Il te sied, en vérité, de faire la difficile, petite orgueilleuse. Tu n'es, comme moi, qu'une mauvaise chaussure abandonnée! Pourtant, tu te crois quelque chose....

— Assurément.

— Mais, ma pauvre fille, regarde-toi donc.... Tiens, voilà justement la lune qui se montre, vois ton image qui se reflète dans l'eau.... Eh bien! qu'en dis-tu?...

La bottine baissa un instant la tête pour cacher sa confusion : elle venait d'apercevoir ses déchirures béantes par lesquelles le vent s'engouffrait. Ce moment de faiblesse ne dura qu'un instant ; elle releva soudain sa tête orgueilleuse, et d'un ton de suffisance, elle dit :

— J'ai subi des infortunes, c'est vrai, mais je suis de noble origine, et toi, tu n'es qu'un rustre.

— Erreur, ma chère, et je vais te le prouver. Mais, dis-moi, de quoi es-tu faite?

— C'est une chose dont je ne me suis jamais occupée ; il me suffisait d'entendre tout le monde vanter mon élégance.

— Je vois que tu es aussi ignorante que vaniteuse. Eh bien ! moi, le rustre, comme tu m'appelles, je vais te l'apprendre. Tu es faite de la peau d'un jeune chevreau, un innocent petit animal dont la vie a été trop courte pour avoir été utile.

— Ah !... Et toi, quelle est ton origine, grossier soulier?

— Je suis fait de la peau d'un cheval.

— Tu es moins que moi alors !

— Oh ! que non pas, ma mie !

— Prouve-moi cela, monsieur le savant.

— Le cheval est un noble animal, doué de force, d'intelligence, de courage ; c'est le plus précieux auxiliaire de l'homme. Tu vois bien que tu as eu tort de parler comme tu l'as fait. Tu avais en partage l'élégance, moi la solidité ; il serait bon de savoir lequel de nous deux a été le plus utile, le veux-tu?

— Non, laisse-moi tranquille !

La pluie tombait toujours, et le vent se mêlait de la partie.

De son souffle puissant il souleva la bottine et l'envoya rouler loin du soulier. Il y eut un moment de silence, après lequel la bottine, qui n'avait cessé de soupirer, gémit d'une voix lamentable :

— Ah! qu'il fait noir!... J'ai peur!... Soulier, viens me rejoindre, je m'ennuie toute seule.... Pardonne-moi mes dédains.... Viens vite, car l'eau me gagne, je sens que je me noie.... Au secours!...

Le vent souffla encore avec rage.

— Me voici, dit le soulier, n'aie pas peur. Je pourrais te railler de ta frayeur, mais je n'en ferai rien, car j'ai compassion de ta faiblesse. Nous sommes bien contre ce mur, nous ne souffrirons plus du vent; et s'il veut encore nous tourmenter, nous lui résisterons. Serre-toi contre moi : l'union fait la force.

— Tu es bon et généreux, merci, frère! Mais qu'il fait froid! et que la nuit va être longue!...

— Veux-tu que je te donne un moyen d'oublier la pluie et la longueur du temps? Racontons-nous nos aventures.... Le veux-tu?

— L'idée est bonne. Je crois que, en t'entendant parler, j'oublierai cette vilaine pluie à laquelle je ne suis pas habituée.

— Commence, je parlerai après toi. Je tiens à te prouver que je suis mieux élevé que je n'en ai l'air.

— C'est que j'ai bien peu de chose à dire....

— Dis tout de même.

— Je suis Parisienne, cela se voit à ma jolie tournure.... De la fabrique où je pris naissance, je fus expédiée à un marchand de chaussures de cette bonne ville de Rouen. Tassée dans un paquet durement ficelé, j'attendais là, en compagnie de mes pareilles, le moment où il me serait donné de prendre part à la vie, lorsque, par une belle journée chaude et ensoleillée, je fus tirée de mon obscurité. Je me prêtai de la meilleure grâce du monde à chausser le mignon petit pied qu'on me présentait et je me mis à examiner ma future maîtresse.

Ah! qu'elle était jolie avec ses yeux noirs veloutés et humides, ses cheveux blonds, sa peau blanche. Et quelles mains fines et mignonnes, aux doigts effilés, aux ongles roses !

Je tressaillis de joie en entendant la jeune femme dire à la demoiselle de magasin : « Mettez-moi l'autre, je vais les garder à mes pieds ; ayez l'obligeance de m'envelopper les vieilles. »

Nous voici dans la rue. Malgré le saisissement que j'éprouvais à la vue de tant de choses inconnues pour moi, je me mis à faire *cric, cric, cric*, pour témoigner ma joie.

Cette petite musique parut plaire à ma maîtresse, car elle jeta sur moi un regard de satisfaction, embelli par un gracieux sourire. Elle me promena longtemps, bien longtemps ; elle me conduisit chez quelques amies, et toujours je faisais *cric, cric, cric, cric ;* et j'entendis plusieurs fois cette phrase : « Ma chère, vous avez là de charmantes bottines. »

Enfin, ma maîtresse, surprise par l'heure, pressa le pas, et nous arrivâmes à une jolie maison qui était la sienne.

— Te voilà ! s'écria un homme qui était assis dans un fau-

Elle me promena longtemps, bien longtemps.

teuil de la salle à manger; c'est bien heureux! On dirait, en vérité, que tu n'as pas de pire maison que la tienne! Il est six heures, la bonne n'attend plus que madame pour servir le potage.... Le rôti est brûlé, cela se sent. La crème est manquée.... L'œil de la maîtresse a fait défaut encore aujourd'hui.... Voyons, Rosine, sois raisonnable, ne sors pas si souvent; occupe-toi un peu plus de ton intérieur; tu feras bien ce petit sacrifice pour me plaire, dis?

— Si tu crois que je resterai enfermée toutes les journées pour surveiller le pot-au-feu, tu t'abuses, et il faut que tu sois bien égoïste pour le désirer!

— Tu exagères; je ne prétends pas te priver de tes promenades et de tes visites; mais je désire, et au besoin je l'exige, que tu t'occupes de ta maison.

— Des menaces!... Il ne manquait plus que cela!... Que je suis malheureuse!

— Calme-toi; voyons, ce que je te dis est fort raisonnable....

— Tu m'ennuies à la fin. Si tu ne me laisses pas tranquille avec tes sermons, je vais me retirer dans ma chambre.

— Je veux que tu restes ici, moi! et tu m'entendras!

Ma maîtresse se leva et fit quelques pas vers la porte; son mari la força de s'asseoir et se mit à gronder bien fort: il était rouge de colère. Elle s'était bouché les oreilles et criait de temps en temps : « Assez! » Puis, voyant que la scène se prolongeait, elle se jeta par terre, se roula en criant : c'était à fendre l'âme.

Son mari la regarda un instant en silence, d'un air affligé, et, appelant la servante, il lui dit : « Votre maîtresse a une crise de nerfs, ma fille, soignez-la. » Et, prenant son pardessus et son chapeau, il sortit.

A peine était-il dans la rue, que ma maîtresse se releva ; elle n'avait plus l'air malade ; elle rajusta sa toilette quelque peu en désordre et donna l'ordre à sa servante de servir le dîner. Elle se mit à table et mangea de fort bon appétit.

Alors je me mis à réfléchir à ce qui venait de se passer, et je trouvai que ma maîtresse était une bien méchante femme, et que la comédie de crise de nerfs qu'elle avait jouée était abominable.

En pensant à ce pauvre homme qui n'attendait qu'une bonne parole pour se calmer, et qui s'était vu contraint d'aller chercher un peu de joie hors de la maison, mon cœur se serra.... et si fort, si fort, que ma maîtresse s'impatienta.

— Julie, dit-elle, apportez-moi mes pantoufles et délivrez-moi de ces bottines ; il y en a une qui me gêne énormément.

La servante exécuta l'ordre de sa maîtresse et nous posa sur une planche, dans un cabinet noir.

J'essayai d'épancher mes inquiétudes dans le sein de ma sœur, mais elle me répondit : « Bottine je suis, bottine je resterai, c'est-à-dire que jamais je ne me mêlerai des affaires des humains. » Je me résignai à renfermer mes pensées au plus profond de moi.

Telle fut ma triste entrée dans la vie.

L'été se passa pour moi en nombreuses sorties ; mais j'avais perdu la joie de servir ma maîtresse, je ne faisais plus *cric, cric,*

cric. La maison n'était plus tenable; chaque jour, les scènes devenaient de plus en plus violentes. Un jour, le mari exaspéré s'oublia au point de lever la main sur sa femme; elle s'enfuit comme une folle, prit la fenêtre pour la porte. Deux semaines après, elle mourait des suites de cette affreuse chute.

C'est ainsi que je passai aux mains de la servante de ma défunte maîtresse; mais elle n'avait pas le pied mignon, cette fille; elle força tant et si bien pour me mettre, qu'elle me fit éclater.

Ma sœur, qui avait passé son temps en philosophe et avait ainsi conservé toute sa force, résista à l'effort. Cependant, la servante la jeta avec moi dans un coin, d'où elle nous tira pour nous donner à un vieux bonhomme qui passait dans la rue. Me jugeant inutile, il se débarrassa de moi en me lançant sur toi, mon vieux camarade.

Voilà mon histoire. Tu vois qu'elle est assez insignifiante.

— Mais pas du tout; elle contient, au contraire, un enseignement d'une grande importance.

— Lequel donc?

— Décidément, petite, ton éducation est bien imparfaite! Ecoute bien ceci : La femme a de grands devoirs à remplir, dont l'accomplissement la fait l'ange du foyer domestique. Mais si elle les néglige, ces devoirs sacrés, malheur à elle!...

— Voyons, mon vieux camarade, ne me parle pas si sérieusement; c'est un mauvais moyen pour me faire oublier le vent qui souffle comme un fou! Raconte-moi plutôt ce que tu as vu depuis que tu es au monde.

— Je vais te satisfaire.

C'était un bien brave homme que le père Jacques, le vieux
savetier. Il était pauvre, bien pauvre ; car ses deux fils, dont
les bras vigoureux soutenaient sa vieillesse, étaient partis à la
guerre. Mais il ne murmurait pas, car il aimait sa patrie et il
se disait : « Ils n'en auront pas pour longtemps, nos braves
enfants, à chasser ces Prussiens maudits ! » Et il avait repris
le métier avec courage. Malheureusement, le travail ne donnait
guère, et les semaines se succédaient en apportant la nouvelle
de nouveaux désastres. Pour comble de malheur, le froid était
excessif et la misère de plus en plus grande.

L'énergie du brave homme avait fait place à un profond
découragement ; il passait maintenant des heures entières la
tête dans ses mains ou le regard perdu dans le coin de l'horizon qu'il apercevait de sa fenêtre. Il se négligeait au point de
n'être plus reconnaissable.

Le vent âpre, aigu, souffle dans la misérable échoppe du
vieux Jacques ; malgré cela, il s'est mis à la besogne pour ter-
miner au plus vite une paire de gros souliers.

— Par ce temps de neige, pensait-il, mes pauvres enfants
sont peut-être nu-pieds !... Que ne puis-je leur faire parvenir
une paire de chaussures semblables à ceux-ci !... Allons, ne
passons pas notre temps à nous lamenter, la pratique attend
et la bourse est vide !... Vite, à la besogne !

Le pauvre homme interrompait de temps en temps son travail pour frotter ses mains l'une contre l'autre ou les approcher
de la cendre tiède de son foyer.

C'était un bien brave homme que le père Jacques.

C'était un bien triste temps, en vérité; les passants marchaient vite, les mains enfoncées dans leurs poches, la tête
baissée, aveuglés par la neige qui tombait.

Au coin d'une porte, en face l'échoppe du savetier, on distinguait une forme humaine accroupie. De sa poitrine sortait
de temps en temps une plainte. Etait-ce un appel à la charité? Hélas! les cœurs ne s'ouvraient pas à la pitié pour lui; il
faisait trop froid pour s'arrêter et sortir ses mains d'un épais
manchon ou de poches bien chaudes pour prendre quelques
pièces dans sa bourse!

La fin du jour approchait. Le vieux savetier interrompit sa
besogne. Il alluma sa pipe, étendit ses jambes, appuya sa
tête sur le dos de son vieux fauteuil de bois, et se mit à
pousser régulièrement des bouffées de fumée.

Soudain il retira sa pipe de ses lèvres et murmura : « Oh!
mon Dieu! » Cette invocation était le résultat de ses tristes
pensées; il se disait en son cœur : « Que cette chambre est
triste depuis qu'ils sont partis!... Où sont-ils à cette heure?...
Les reverrai-je jamais?... »

Le jour baissait rapidement et fit bientôt place à la nuit;
la lune apparaissait splendide dans sa pâleur. Le savetier, les
yeux fixés sur l'astre des nuits, aperçut dans ses faibles rayons
trois femmes, trois sœurs, au teint blanc, aux yeux bleus,
aux cheveux blonds flottant sur leurs épaules. Elles descen-
daient avec le rayon et arrivèrent jusqu'à lui. Charmé et ter-
rifié tout à la fois, il se couvrit à demi les yeux avec sa
main.

Alors une voix, qui lui sembla une douce et lointaine mélodie, lui dit : « N'aie pas peur, nous ne te voulons pas de mal. Nous avons entendu tes plaintes et nous venons vers toi. Je suis l'Energie, que tu as bannie de ton cœur, et je viens te dire : Pauvre père, lutte contre le découragement qui s'empare de toi; tu reverras peut-être tes fils, mais sois prêt à subir la douleur de leur perte.... Vivre, c'est souffrir! Je t'aiderai à supporter ta destinée. — Moi, je suis l'Espérance, dit la seconde des sœurs. Je visite l'affligé; je vais au-devant de tous ceux qui, élevant leurs regards de cette terre où il existe tant de peines, tant de souffrances, m'appellent à leur secours. Quelque nuage me voile parfois, mais c'est pour peu de temps; et quand il a passé, je reparais.... J'aime les âmes honnêtes, les cœurs reconnaissants qui aiment le grand Être qui les a créés. Ouvre ton cœur, vieux Jacques, je viens te rendre visite. — Je suis la Charité, dit la troisième sœur; je viens réchauffer ton pauvre cœur de mon souffle! Aime tout ce qui t'entoure, car c'est en aimant son prochain qu'on lui fait le plus de bien! Je cicatriserai ton âme ulcérée, vieux Jacques, embrasse-moi.... »

Jacques, stupéfait, se leva tout d'une pièce et laissa tomber sa pipe, qui se brisa en morceaux sur le pavé.

— Oh! fit-il en parcourant des yeux la chambrette comme s'il cherchait quelque chose. Je rêvais donc?

A la clarté de la lune, il aperçut les morceaux de sa pipe et s'écria :

— Une pipe si bien culottée! en voilà un malheur! Sans

compter que c'est défunt mon pauvre Jean qui me l'avait don-
née pour ma fête!... Cela m'apprendra une autre fois à rêver,
au lieu de travailler! Ah! madame l'Energie, que vous avez
bien fait de venir me rendre visite! Je me sens tout autre! Et
vous, madame l'Espérance, je vous sens en mon cœur et je
vous en remercie. Vous allez être jalouse peut-être, madame
la Charité; mais je ne me sens pas disposé à faire ce que
vous m'avez dit. Quel bien peut faire aux autres un pauvre
homme comme moi, qui ai bien du mal à gagner juste de quoi
ne pas mourir de faim, et qui n'ai, pour réchauffer mes vieux
membres engourdis, qu'un âtre vide?... Aimer!... Est-ce que le
cœur du pauvre peut contenir autre chose que du fiel?... Décidément, madame, vous ne connaissez rien aux choses de la
vie; cela se passe sans doute autrement dans la lune, dont
vous paraissiez descendre!...

Tout en monologuant ainsi, le bonhomme alluma sa chan-
delle et passa ses mains dans la cendre tiède de son foyer, puis
il ramassa un à un les morceaux de sa pipe, ouvrit la fenêtre
et les jeta dans la rue, qu'il parcourut du regard.

Le ciel s'était éclairci; il était pailleté de nombreuses et scin-
tillantes étoiles.

— Est-ce encore un effet de la lune? se dit le savetier; il me
semble voir une masse noire contre la porte en face.... On
dirait qu'elle s'agite faiblement.... Si c'était quelque pauvre
être sans asile, par ce froid!... on le trouverait gelé demain!...
Après tout, pourquoi en prendre souci? Qu'est-ce que je peux
y faire? Fermons notre fenêtre, car il ne fait pas chaud, brou?...

Eh! mais, ça bouge encore, et j'aperçois cette fois une jambe
qui s'allonge.... Dieu! tout le corps la suit! c'est bien un être
humain, le doute n'est plus possible, et un être qui ne paraît
pas à son aise, car il gémit. « Eh! là-bas, qu'est-ce que vous
faites là, camarade? » s'écria-t-il. Au fait, je vais aller voir ce
que cela veut dire.

Le savetier alluma sa lanterne et sortit.

Il s'approcha du malheureux; ne recevant pas de réponse aux
questions qu'il lui faisait, il le souleva, et, rassemblant le peu
de forces qu'il possédait, il le chargea sur ses épaules. Il pliait
sous le poids de ce corps inerte; plusieurs fois il faillit tomber;
enfin, il réussit à le porter chez lui et le déposa sur son lit. Il
approcha la lumière de la figure de l'inconnu et vit que c'était
un jeune homme d'une pâleur cadavérique.

— Oh! s'écria-t-il, s'il n'est pas mort, il n'en vaut guère
mieux! Voyons, il doit y avoir encore un peu d'eau-de-vie au
fond du flacon; quelques gouttes le ranimeraient peut-être.

Le moyen ne réussissant pas, il alla chercher un peu de bois
qu'il avait en réserve pour les grandes occasions, déshabilla
le malade, l'enveloppa dans une couverture, le glissa dans son
lit et se mit en devoir de le frictionner énergiquement par tout
le corps. Ses efforts furent couronnés de succès, le malade
ouvrit enfin les yeux en poussant un soupir. Le savetier approcha le verre des lèvres du malade et lui fit boire quelques
gouttes d'eau-de-vie. « Merci! » murmura le malheureux. Et
comme il faisait des efforts pour articuler d'autres paroles, le
brave homme lui ferma la bouche en disant :

— Défense de dire un mot de plus, ou je me fâche! Essayez plutôt de dormir.

Le malade ferma docilement les yeux. Bientôt on entendit sa respiration forte et régulière, annonçant que le sommeil ne s'était pas fait longtemps attendre et qu'il serait réparateur. Jacques le regarda avec satisfaction, il se sentait heureux et fier de ce qu'il avait fait.

— Ce n'est pas le tout, pensa-t-il, lorsqu'il fut revenu de sa contemplation, il faut que j'aille porter mon ouvrage, afin de pouvoir acheter ce qui est nécessaire à mon pensionnaire, car les deux toiles de ma bourse se tiennent présentement.

Rassemblant plusieurs paires de chaussures qui étaient sous la table, il leur donna un coup de brosse, les mit dans un sac et sortit. Il revint bientôt chargé de provisions de bouche, et le charbonnier voisin, qui l'accompagnait, vida deux sacs de coke dans un vieux bahut servant de bûcher au pauvre homme. Bientôt le poêle ronfla et répandit une bonne chaleur dans la chambre. Le malade dormant toujours, Jacques soupa de bon appétit d'un modeste morceau de pain et de fromage, puis il s'installa auprès du lit dans son vieux fauteuil.

Lorsque l'inconnu se réveilla, le jour commençait à poindre; le vieux savetier dormait profondément. Le jeune homme n'osait remuer, dans la crainte de l'éveiller. Après avoir considéré, non sans émotion, la rude figure du brave homme auquel il devait la vie, il examina tout ce qui l'entourait.

En face de lui, au milieu de la muraille tapissée d'un papier d'une couleur douteuse, s'étalait fièrement un croquis de paysage cloué au mur par les quatre coins; au bas, une dédicace en belle écriture gothique : « A. mon père, son fils respectueux. Emile CHOQUET. »

— Comme cela se trouve! s'écria le jeune homme, ne se souvenant plus que le bon vieux dormait près de lui.

— Qu'est-ce qui se trouve? dit le dormeur en se frottant les yeux.

Puis il s'étira, bâilla, et ouvrit les yeux bien grands en voyant son lit occupé et lui-même dans un fauteuil; il ne se souvenait plus, en s'éveillant, de ce qui s'était passé la veille.

Cet oubli ne fut que l'affaire d'un instant. Il prit dans les siennes la main que le jeune homme lui tendait et lui dit :

— Comment vous sentez-vous ce matin?

— Très bien; j'ai parfaitement dormi, et je vais me lever, si vous me le permettez.

— Volontiers, mais à la condition que vous vous remettrez au lit, si vos forces ne répondent pas à votre courage. Je vous tiendrai compagnie en travaillant auprès de vous; car il est bon de vous dire que je suis cordonnier et que je n'ai qu'à prendre ma hotte et à parcourir deux ou trois rues pour rapporter, malgré la misère que la guerre nous a amenée, de l'ouvrage pour ma journée. Je me sens un bon coup dans le bras, ce matin; je vais en profiter, non sans avoir préalablement préparé notre déjeuner. Une bonne tasse de café pour casser la croûte, cela vous va-t-il?

— Parfaitement, et je crois que je ferai honneur à la cuisine.

Vous êtes convaincu que je ne suis plus malade, n'est-ce pas?
Vous me permettez alors de vous dire qui je suis?

— Cela m'importe peu, répondit le savetier d'un ton bourru;
rien de plus naturel que de donner asile à un homme couché
dans la neige; on n'y laisserait pas un chien!...

— Excellent homme! vous ne voulez pas que je vous remercie, n'est-ce pas? N'en parlons pas alors.... Mais, dites-moi,
est-ce que vous connaissez Emile Choquet, dont j'ai aperçu le
nom là?

— Si je le connais! C'est mon fils aîné. J'en ai encore un,
Auguste. Tous deux sont partis à la guerre, et je n'ai pas reçu
de leurs nouvelles depuis deux longs mois!

— Ah! le hasard fait quelquefois bien les choses! Je vais
vous en donner, moi, de leurs nouvelles; car je fais partie de
leur régiment. Je les ai quittés il y a huit jours, ils étaient en
bonne santé. Ils ont déjà pris part à plusieurs combats, où ils
se sont comportés comme des héros. Emile a le grade de ser-
gent, Auguste est caporal. Les deux braves garçons n'ont que
deux amours au cœur : la patrie et leur vieux père. Que de fois
ils m'ont parlé de vous, et avec un accent de tendresse intra-
duisible! S'ils ne vous ont pas donné de leurs nouvelles, c'est
que cela leur a été impossible, et ils pensent à vous.

— La joie me suffoque! Ah! les chers enfants! Et dire que,
à deux pas de moi, quelqu'un pouvant me donner de leurs
nouvelles se mourait dans la neige!

— Et vous l'avez sauvé! Ah! il est bien heureux de vous
donner un peu de joie !

— Et mes chers enfants ne vous ont rien remis pour moi?

— Non, pour la raison que je ne pensais pas venir dans ce pays. Je suis porteur d'un message pour le général Trochu. Tous les environs de Paris étant investis, j'ai été plusieurs fois sur le point d'être pris. Depuis cinq jours je m'épuise en courses folles sans résultat. Hier, brisé de fatigue, j'ai eu la fatale inspiration de m'asseoir un instant, lorsque le froid m'a engourdi au point de me faire perdre connaissance; sans vous, je serais mort à l'heure qu'il est. Je vais me remettre en route dans quelques heures. D'après les observations que j'ai faites, j'espère, cette fois, être plus heureux.

Le café était fait; les deux hommes se mirent à table, et, tout en mangeant, le jeune homme parla au vieux père de ce qui l'intéressait le plus au monde : ses enfants. Les moindres détails étaient écoutés par lui avec une religieuse attention. Il avait l'œil encore bon, le vieux Jacques; tout en causant, il avait passé l'inspection de son commensal et avait constaté que ses souliers étaient dans le plus piteux état.

Moi aussi, je l'avais remarqué; mon émotion était à son comble de ce que j'avais entendu, de ce que je voyais; je le manifestai par un brusque mouvement qui attira sur moi les yeux du savetier. « Une idée! » s'écria-t-il en souriant. Il vint à nous, enfila des lacets dans nos œillets, et, nous posant devant le jeune homme, il dit :

— Mettez-moi ça; ils doivent être à votre pied; et pas de façons surtout.

— Monsieur, que de bontés!

— C'est bon, c'est bon, c'est moi votre obligé. Promettez-moi de venir me voir au retour, je vous donnerai une commission pour mes enfants; vous me rendrez bien ce service-là, n'est-ce pas?

— Ce serait une promesse trompeuse que je vous ferais là : le soldat ne peut s'engager à rien. Ma mission est périlleuse. Qui sait si je serai en vie demain? Si la mort ne veut pas de moi et que je revoie vos fils, je leur transmettrai tout ce que nous avons dit.

— Oui, dites-leur bien que leur vieux père pense à eux nuit et jour.

— Je n'y manquerai pas. Vous voyez que les souliers me vont comme s'ils avaient été faits pour moi! Maintenant il m'est venu une idée : le message est caché dans la doublure de ma veste, la place est mal choisie; je crois que ce serait plus sûr de le mettre dans le contrefort d'un des souliers, qu'en pensez-vous?

— Excellente idée! Donnez, je vais vous arranger cela, et je défie le plus malin de s'en douter.

C'est ainsi que, moi, simple soulier, je fis mon entrée dans le monde; car c'est moi qui fus choisi pour recéler le précieux papier.

Nous voici enfin en marche. Mon maître avait appris la ruse à ses dépens, il savait maintenant se dissimuler au besoin dans le moindre coin et prendre l'aspect le plus inoffensif. Enfin, nous arrivons à destination; on me prend la missive qu'on m'avait confiée et on la remplace par une autre.

Le retour était des plus périlleux. Paris était entouré d'un réseau de fer, et nous devions aller rejoindre l'armée de la Loire.

Je ne sais comment cela se fit; mais mon maître, peu de jours après notre départ, donna en plein dans un campement prussien. Il fut aussitôt entouré, vingt bras s'allongèrent pour le saisir, et c'est en le bourrant de coups de poing qu'il fut traîné devant l'officier.

— Que venez-vous faire ici? lui demanda-t-il en assez bon français; qui êtes-vous?

— Je suis ouvrier maçon; j'ai quitté Marnes hier, parce qu'il n'y a pas d'ouvrage. Je vais à l'aventure, décidé à m'arrêter là où je trouverai quelques sous à gagner.

Un soldat prussien s'approcha de l'officier et lui dit quelques mots à l'oreille. L'interrogatoire recommença.

— Alors, vous n'êtes pas soldat?

— Non, vous le voyez bien.

— Pourquoi?

— Je suis faible de poitrine.

— C'est difficile à comprendre avec la mine que vous avez. Vos cheveux coupés ras, votre tournure militaire, donnent un démenti à vos paroles. Et vous venez de Paris; vous avez été suivi sans vous en douter.... Vous êtes un espion ou tout au moins un messager.... Avouez, remettez-moi la missive, et je vous laisserai partir.

— Eh bien! oui, je viens de Paris, où je n'ai pas voulu rester à crever de faim! Quant au reste, c'est archifaux, et vous m'ennuyez!...

Soudain surgit d'un bouquet d'arbres un vieillard aveugle conduit par une petite fille. Il s'avance, guidé par l'enfant, vers l'officier prussien, et lui dit :

— Je connais la voix de ce garçon que vous interrogez ; ce doit être un de mes voisins, parti comme moi de Paris pour échapper à la faim. Ma petite, qui a des yeux pour son grand-père, va vous dire que je ne me trompe pas. N'est-ce pas que tu le reconnais, mignonne?

Elle pouvait avoir douze ans, la pauvrette ; c'était une mignonne créature blonde, aux yeux bleus, dont le regard profond, mélancolique, dénotait une raison éclose avant le temps au souffle du malheur et de la souffrance. Elle s'avança en souriant vers le jeune homme et dit à son grand-père :

— Oui, père, c'est bien M. Jules. Je suis bien contente qu'il ait abandonné Paris ; cela nous fera un compagnon de route, je n'aurai plus tant peur de tous ces vilains soldats que l'on rencontre partout.... N'est-ce pas, monsieur Jules, que vous ferez route avec nous?

Le pseudo-Jules se baissa vers la fillette, et, en l'embrassant au front, il lui dit : « Dans mon soulier ; » puis, tout haut, d'un air enjoué :

— Je t'accompagnerai volontiers, ma petite Mélie.

— Comédie bien jouée, dit en allemand l'officier. Soldats, déshabillez cet homme et examinez-le dans ses moindres détails.

L'ordre fut promptement exécuté ; mais on eut beau chercher, on ne trouva rien de suspect.

Le malheureux grelottait de froid, on lui permit enfin de remettre ses habits.

— Vous voyez bien que je vous ai dit vrai, mon officier, dit-il en boutonnant sa veste ; je peux m'en aller à présent, hein ? Il commence à faire faim !...

— Non pas ! Je suis convaincu que vous êtes soldat et que vous êtes porteur d'un message. Prouvez-moi le contraire.

— Vous ne m'avez pas assez examiné sur toutes les coutures ? On n'a rien trouvé, quelle meilleure preuve puis-je donner ?

— C'est alors un message verbal que vous avez à transmettre. Je me doute à qui.... C'est un appel au secours de Trochu aux abois !...

— C'est une chicane que vous me cherchez, c'est une querelle d'Allemand, comme nous appelons cela.

— Assez, je vous garde prisonnier jusqu'à nouvel ordre, et à la moindre tentative d'évasion, je vous fais fusiller.... Soldats, emmenez cet homme.

L'aveugle se tordait les mains et la petite fille pleurait à chaudes larmes.

— Brigands ! canailles ! vociférait le vieillard, maudits ! C'est donc chaque jour de nouveaux crimes ! Bêtes sans entrailles, vous avez tué mon fils, le père de cette pauvre petite ; vous en massacrez comme cela des centaines par jour ! J'ai tant pleuré sur ma patrie, sur les miens, que j'en ai perdu la vue.... Monstres !

— Jetez-moi cela hors du campement, dit l'officier en fureur, et au plus vite.

Soudain surgit un vieillard aveugle conduit par une petite fille.

La petite fille se faufila entre les soldats et arriva auprès du messager, que deux Prussiens se disposaient à conduire au poste.

— Ami, dit-elle, mon père demande un souvenir de toi.

— Je ne possède que quelques pièces de monnaie, les veux-tu? Je n'en ai pas besoin, on va me nourrir ici!...

— J'aime mieux autre chose.

— Voyons, qu'est-ce que je te donnerais bien?... Veux-tu mes souliers? Ils sont presque neufs....

— Donne vite, car voilà les brigands qui chassent brutalement mon père. Je vais te laisser ses vieux souliers derrière les arbres, car tu aurais froid aux pieds comme cela. Merci, au revoir !

La petite bondit comme une gazelle et fut bientôt près de l'aveugle, qui s'était assis au bord de la route. Il défit silencieusement ses souliers et mit les autres à ses pieds, pendant que l'enfant remplissait sa promesse. Elle revint bien essoufflée, car elle avait couru très vite.

— Père, commença-t-elle, as-tu....

— Chut! fit le vieillard à voix basse; en temps de guerre, tout a des oreilles.... Plus tard !

Après avoir mangé un peu de pain et de fromage que l'aveugle portait dans un sac attaché à son dos, ils se remirent en marche. Partout ils rencontraient des Prussiens; mais l'infirmité de l'un, la jeunesse de l'autre étaient leur sauvegarde.

Trois jours après les incidents qui précèdent, nos voyageurs arrivèrent aux Andelys.

L'aveugle avait pris une sage détermination : il se fit conduire chez le maire de cette ville, aussi bon patriote que
magistrat humain et affable, et il lui confia par quelles circonstances il se trouvait porteur d'un message dont il ignorait
le destinataire et que, vu son infirmité, il ne pouvait espérer
remettre lui-même.

Le maire, ne voulant mettre personne dans la confidence de
cette affaire, se mit en devoir de nous découdre, mon frère et
moi; il tira bientôt le papier de sa cachette. Il contenait
quelques lignes de ces signes conventionnels employés en
temps de guerre.

A qui s'adressaient-elles? Voilà la question que chacun se
posa sans succès. Soudain le maire se frappa le front en criant
d'un air joyeux : « J'ai trouvé!... » et il envoya chercher un
colonel en retraite avec lequel il était en relations très amicales.
Ce dernier se trouvait précisément chez lui; il accourut, fort
intrigué de ce qu'on pouvait lui vouloir. Dès qu'il sut de quoi
il s'agissait, il se mit à la besogne et parvint, grâce aux nombreuses combinaisons qu'il avait étudiées, à déchiffrer le
précieux papier. C'était, comme l'avait deviné l'officier prussien, un appel adressé à Bourbaki par le général Trochu; plusieurs indications pouvant aider au succès étaient données
dans ces quelques lignes.

Il restait à savoir comment on ferait parvenir le message. En
quelques jours la situation s'était compliquée; il fallait se hâter,
ou il serait trop tard.

— Moi, je la porterai! dit la petite fille d'un air résolu.

— Si tu me quittes, Noémie, qu'est-ce que je deviendrai?
gémit l'aveugle.

— Ce n'est pas une enfant de votre âge, objecta l'ancien
soldat, qui pourrait mener à bien une mission aussi grave.

— Jeanne d'Arc a fait des choses bien plus difficiles!

— Certes, c'était une héroïne entre toutes; mais elle était
plus âgée que vous, et les temps ne sont plus les mêmes.
Croyez-moi, petite fille, la mission que Dieu vous a octroyée
est noble au plus haut point, et je vois que vous avez l'énergie
nécessaire pour vous en acquitter; contentez-vous de cela!...

— Mais dites-moi, monsieur le maire, avez-vous oublié qu'il
nous est arrivé des pigeons voyageurs, hier, nous apportant
des nouvelles de l'armée de la Loire?...

— Je l'avais oublié.... C'est vraiment un hasard providentiel
que la venue de ces petites bêtes!

— Envoyez-les chercher; je me charge d'inscrire le billet
sous leurs ailes; faites-moi donner de l'encre bleue. Nous
n'aurons plus, en lâchant les charmants oiseaux, qu'à leur
souhaiter d'arriver à destination.

— Maintenant, dites-moi, bon vieillard, ce que vous
comptez faire et quelles sont vos ressources; je m'intéresse
vivement à vous.

— J'ai encore quelques sous qui me suffiront peut-être pour
aller jusqu'au terme de mon voyage. J'ai un petit-neveu établi
à Saint-Aignan, près Rouen. Je compte aller lui demander le
remboursement d'une petite somme dont son père m'était
redevable. C'est une honnête famille que la mienne, incapable

de renier ses dettes ! Puis, ma petite trouvera peut-être à
s'occuper chez eux, ne fût-ce que pour nous obliger....

— Je souhaite que vous réussissiez, mon brave homme. Y
a-t-il longtemps que vous êtes aveugle?

— Depuis six mois environ. C'est à la suite d'une maladie
occasionnée par le chagrin de la mort de mon fils que ce
malheur m'est arrivé.

— Aviez-vous une profession?

— J'étais charpentier ; le travail ne chômait pas, l'aisance
était au logis ; mais, lorsque la maladie est venue, il a fallu
vendre peu à peu meubles, effets et linge. Ma pauvre vieille
femme était morte à temps pour ne pas voir tout cela ! N'a pas
de pain qui veut, en ce moment, à Paris ! La famine est à son
comble, on en est réduit à manger les souris.... Ma petite
mourait de faim ; on mange bien à son âge.... C'est ce qui m'a
décidé à partir, et Dieu sait si cela nous a été difficile !...

— Tenez, mon brave, faites-moi le plaisir d'accepter cette
pièce de 20 fr. pour vous aider à faire votre voyage.

— Je vous en offre autant, ajouta le maire, qui revenait
portant les pigeons dans un panier couvert ; en plus, deux lits
et la nourriture vous seront fournis à mes frais dans une auberge,
pendant deux jours, afin que vous preniez quelque repos.

— Et les souliers? remarqua la petite fille.

— Tais-toi donc, Noémie, dit le vieillard, visiblement con-
trarié de la hardiesse de son enfant.

— Ne la grondez pas, mon brave homme, repartit le maire ;
elle a raison de ne rien perdre de vue. Ces souliers sont fort

bons et vous rendront de grands services pendant la mauvaise saison que nous traversons ; je vais les envoyer à recoudre. Passez dans la pièce voisine ; je vais ordonner qu'il vous soit donné une paire de chaussons et des sabots, afin que vous puissiez vous rendre à l'adresse que voici : c'est là que vous logerez pendant deux jours.

L'aveugle et sa petite-fille se confondirent en remerciements ; l'enfant regardait les deux hommes d'un air embarrassé ; on voyait qu'elle avait quelque chose à dire, mais qu'elle avait peur de mécontenter son grand-père.

— Voyons, qu'est-ce qu'il y a ? lui demanda l'ancien soldat, auquel rien n'échappait ; parlez sans crainte, le vieux père ne grondera pas.

— C'est que....

— Noémie ! interrompit l'aveugle.

— Laissez-la dire, mon brave homme, il ne faut pas museler ainsi la jeunesse !... Allons, petite, c'est que ?...

— Je voudrais voir les pigeons, dit l'enfant, en rougissant jusqu'aux deux oreilles.

— Désir très légitime ! s'écria le maire. C'est bien le moins que ceux qui ont sauvé la missive la voient partir !

Les pigeons, au nombre de cinq, furent tirés de leur prison. On transcrivit à l'encre bleue, sous leurs ailes, les caractères de la missive, on les réintégra dans le panier et on descendit dans la cour.

Les gracieux oiseaux s'élevèrent bientôt dans l'air, tournèrent un moment pour s'orienter, puis partirent à tire-d'aile.

Le lâcher s'était fait en silence, pour ne pas attirer l'atten
tion des Prussiens, dont les rues étaient remplies.

Noémie, se haussant sur ses pointes, murmura à l'oreille
de l'aveugle :

— Ils sont jolis ! jolis ! d'une couleur café au lait, avec une
belle gorge qui paraît verte, qui paraît rouge, on dirait que les
deux couleurs n'en font qu'une.... Ah ! les voilà qui partent,
les jolies petites bêtes....

Et, portant une main à ses lèvres, elle leur envoya plusieurs
baisers en murmurant :

— Bon voyage, pauvres petits ! Que le bon Dieu vous garde
du plomb prussien !...

— Et de celui de l'affamé ! dit le vieillard.

— Puisse la dépêche arriver à temps ! pensait le maire.

— A quoi bon ! se disait l'ancien officier. Nous sommes
flambés.... Et dire que je ne suis qu'une vieille bedolle incapable de faire quoi que ce soit pour la pauvre patrie.... Nom
d'une balle !

Cette imprécation arrachée à la colère et dite à haute voix,
en frappant du pied, arracha nos personnages à leur médi-
tation ; leurs yeux s'abaissèrent vers la réalité qui était : midi
sonnant à l'horloge de l'hôtel de ville et la semonce que leur
retard au déjeuner allait leur valoir. Ce fut le maire qui donna
le premier le signal du départ.

— Mon estomac crie famine, dit-il ; au revoir, mes amis, et
bon appétit.

Les souliers étant recousus le lendemain, mon nouveau

naître, se trouvant suffisamment reposé, se remit en route avec sa petite-fille. Cette fois, on marcha à petites journées ; de temps en temps quelque personne complaisante leur offrait une place dans sa voiture. C'est ainsi qu'ils arrivèrent sans aucune fatigue à Rouen, où ils séjournèrent pendant une demi-journée.

Saint-Aignan est un petit village situé sur une colline, à deux kilomètres de la grande ville. Une déception y attendait nos voyageurs : la mort avait frappé par là ; le petit commerce d'épiceries était passé en d'autres mains.

— Hélas! murmura l'aveugle à cette triste nouvelle ; qu'est-ce que nous allons devenir?

La gentillesse de l'enfant avait été remarquée d'une fermière qui se trouvait pour ses achats dans la boutique de l'épicière.

— Je ne sais pas pourquoi vous vous affligez ainsi, mon pauvre vieux, dit-elle ; vous avez là une petite fille qui peut travailler. J'ai justement besoin d'une petite bonne pour garder mon bébé pendant que je suis aux champs ; si vous voulez me donner votre fillette, c'est fait. Elle gagnera 15 fr. par mois, sera bien nourrie, bien couchée, bien traitée.

— Vous êtes bonne, madame, dit Noémie, et je sens que je vous aimerais de tout mon cœur, ainsi que votre petit enfant ; mais.... qui prendra soin de mon grand-père, si je reste ici?

— Il pourra entrer à l'hospice, où il sera fort bien, je vous l'assure.

— Mon pauvre vieux papa à l'hospice! jamais, non, jamais!...

Rien que d'y penser, mon cœur se révolte! Je mendierai plu
tôt que de me séparer de lui. Je suis sa seule consolation; sans
moi, il mourrait bientôt....

— Merci, ma bonne petite-fille, dit l'aveugle, dont les yeux
éteints versaient des larmes; mais je ne veux pas que tu laisses
échapper l'occasion d'être plus heureuse qu'avec moi. Quand
un vieil inutile comme moi mourrait, la belle affaire! Il n'y a
pas de quoi s'en troubler la cervelle....

— Veux-tu te taire, méchant papa! dit la fillette, superbe
d'indignation. Je ne t'ai pas tout dit : eh bien! si je me sépare
de toi, c'est ma mort..., et je suis trop jeune pour mourir....

— Nous allons arranger l'affaire, dit l'épicière, que ce débat
avait émue au plus haut point. Je ne sais ni lire ni écrire; ce
qui me porte un grand préjudice dans mon commerce; j'ai
quelques sous que mon défunt m'a légués, et je n'ai pas envie
de les laisser manger par tout le monde; ils seront mieux placés en prenant cette jeunesse et son vieux papa. Vous êtes
savante, au moins, ma petite?

Ce fut le père qui s'empressa de répondre.

— Oui, oui, et adroite de ses mains comme une fée!

— Moi, je lui donnerai 10 fr. par mois, et vous aurez
place, mon brave, au feu et à la table; vous aurez une
bonne petite chambre située au midi; votre présence portera
bonheur à la maison. La petite s'occupera de la boutique;
elle pourra, dans ses moments de loisir, faire de petits ouvrages qu'elle vendra aisément par ici; cela l'aidera à vous
entretenir, mon vieux papa!

Quel bonheur inespéré pour ces pauvres victimes du sort !

Quatre années se passèrent pour eux dans la plus parfaite félicité. Noémie était devenue une grande et belle fille , toujours douce et modeste. Lorsqu'on la voyait passer , guidant son père aveugle , on se sentait attendri et attiré vers elle.

Le commerce avait prospéré d'une façon inattendue ; aussi la patronne avait-elle élevé les appointements de son employée à 20 fr. par mois.

— Ce n'est pas ce que tu mérites , ma Noémie , avait-elle dit ; mais si tu continues à bien te conduire avec moi , je te laisserai mon avoir. Je puis le faire sans injustice , je n'ai plus de famille.

Ah ! les jours heureux que nous avons passés , nous , simples souliers (car nous existions encore) ! Tous les jours , Noémie nous brossait avec soin , nous cirait jusqu'à ce que nous soyons brillants comme des miroirs.... Ce bonheur devait avoir une fin.

Le vieil aveugle s'éteignit sans agonie ; on le trouva mort un matin dans son lit. il y a juste huit jours.

Quelle désolation , mon Dieu ! Noémie se jetait sur le corps de son grand-père en criant , puis elle lui parlait , le suppliait de lui répondre : elle ne pouvait croire à son malheur. Il est vrai qu'il était si souriant , l'aveugle , qu'on aurait cru qu'il était encore de ce monde et qu'il faisait le mort pour faire une niche à sa petite-fille....

Pendant que Noémie se lamentait , sa patronne , plus expérimentée , était allée chercher un voisin.

— Vite , dit-elle après avoir raconté la nouvelle , courez chercher un médecin ; s'il n'était pas mort, ce pauvre vieux !

Il faisait un temps affreux , la pluie tombait comme aujourd'hui.

Le voisin complaisant était un pauvre homme sans ouvrage ; il ne possédait que de gros sabots.

— Comment courir avec ça ? dit-il.

— Ça ne serait pas facile, en effet , répondit l'épicière ; attendez , je vais vous donner les souliers du pauvre vieux ; ils ne sont plus bons à grand'chose, vous pourrez les mettre au rebut après la course.

Voilà le commissionnaire parti. Il courait vite , et de temps en temps il s'arrêtait pour taper des pieds par terre : il était gêné, je le sentais. J'avais beau me prêter, m'étaler, le fil me résistait , et toujours l'homme murmurait. A la fin , n'y tenant plus, il prit son couteau et me fit une longue entaille, puis il se remit à courir en poussant un soupir de soulagement.

Le médecin n'était pas chez lui , il ne devait revenir que le soir.

— Monsieur ira demain dans la matinée , promit-on.

Le commissionnaire prit le chemin du retour du même train qu'il était parti. A chaque instant, ses petits orteils sortaient par l'ouverture , qui s'était considérablement agrandie.

— Il me gêne plus qu'il ne me sert ! dit-il en me retirant de son pied ; et plaff ! me voilà dans la flaque d'eau que voici.

Le soleil apparaît à l'horizon, la pluie ne tombe plus.

Le soulier s'est tu, étonné du silence de sa compagne ; il la egarde à la lueur de l'aube naissante....elle dort !

Le rêveur est parti noter ses réflexions ; seul, l'employé 'octroi veille, il bat la semelle pour se réchauffer, puis, n'y ouvant parvenir, se décide à rallumer son poêle.

— Oh ! oh ! dit-il, il n'y a plus guère de bois. Il ne pleut •lus ; si je ramassais les quelques branches que j'aperçois sur a route.... et ces vieux souliers qui s'étalent majestueusement •ontre ma cabane....

Bientôt, dans le foyer incandescent, le soulier et la bottine, onfondus dans un suprême adieu, exhalent leur dernier sou- »ir en répandant, pour se venger, une odeur infecte de cuir orûlé.

— Oh ! qu'elle est belle ton histoire, ma tante ! dit Robert, •t que je te remercie ! J'aime tout ce qui parle de guerre et de Prussiens.

— Oh ! il aime à entendre parler des Prussiens !... répliqua Bernard. C'est assez mal cela, monsieur mon frère, et si papa t'entendait....

— Naïf, va ! mais c'est parce que j'espère bien les brosser quand je serai soldat ! Car je le serai, c'est le métier que je choisirai.

— Chacun son goût ; moi, je préfère être pâtissier.

— Pour faire des brioches ?

— Surtout pour en manger.

— Tu m'en donneras, dis ? fit Yvonne.

— Oh ! les petits gourmands!... Voyons, ma petite Yvonne, dis-moi ce qui t'a le mieux plu dans mon histoire.

— C'est la petite fille qui aime tant son grand-père aveugle. Toi, ma tante, si tu étais aveugle comme lui, c'est moi qui te conduirais par la main, et puis je ne voudrais pas te quitter non plus.

— Chère mignonne, embrasse-moi. — Il est temps de vous coucher, mes enfants ; rentrons à la maison.

II.

Un voyage en Hongrie.

— Es-tu contente de nous, bonne tante? demanda Robert.

— Vous êtes d'aimables enfants, et je m'empresse de vous faire part de la lettre que je viens de recevoir par le dernier courrier; elle est de votre père; écoutez le paragraphe qui vous concerne :

« Dis à mes chers enfants que je suis enchanté de leur sagesse; je les récompenserai, s'ils continuent à te donner satisfaction.

« Leur pauvre mère est toujours bien abattue; le docteur m'a cependant donné une lueur d'espoir. Ne nous désolons pas, quelque chose me dit que nous sauverons notre chère malade.

« Dis à mes enfants, ma bonne Gervaise, que je les embrasse de tout mon cœur. »

— On sauvera notre mère! nous la reverrons! En l'embrassant à mon départ, il me semblait cependant que c'était pour la dernière fois.... C'était peut-être un pressentiment; qu'en penses-tu, ma tante? observa Robert.

— Non, mon enfant, ne crois pas cela. C'était une crainte bien légitime, car tu es d'âge à apprécier les choses et à les appréhender.

— Pauvre maman! elle va s'ennuyer de ne pas nous voir; on n'aurait pas dû nous éloigner d'elle.... A mon avis, ce médecin est un âne! dit Bernard.

— Je t'y reprends encore, Bernard! Tu es trop jeune, mon petit, pour critiquer les autres, je te le répète.

— Est-ce que je pourrai bientôt embrasser ma petite mère, tante? demanda Yvonne.

— Espérons que oui. En attendant, présente-moi ton petit minois, que j'y dépose beaucoup, beaucoup de baisers pour petit père et petite mère. Es-tu contente?

— Je crois bien! Et je serai encore aussi contente si tu veux nous raconter, comme hier, une histoire sous le berceau de clématites.

— En route alors, fit tante Gervaise. Donne-moi ta petite main, mon Yvonnette.

Quand ils furent arrivés à l'endroit désigné, tante Gervaise commença ainsi :

— Enfin tu te prononces, mon neveu, tu aimes les

voyages. C'est une chose fort agréable, mais qui n'est pas tout rose.

— Comment cela?

— On est exposé à une foule d'accidents, d'aventures, de désagréments qui font souvent payer ce plaisir bien cher! Il faut alors, comme pour toutes les choses de la vie, être courageux sans témérité, énergique et patient tout à la fois.

Je vais te raconter une aventure arrivée à mon père lors d'un voyage qu'il fit en Hongrie, il y a de cela trente ans au moins. Elle te servira de preuve à l'appui de ce que je viens de te dire.

— Est-ce que cela va être joli, ton récit de voyage en Hongrie, ma tante? demanda Yvonne. Moi, j'aimerais mieux que tu racontes quelque chose sur la lune.... Elle est si belle, regarde.... Elle a deux yeux, un nez, une bouche.... Je voudrais aller dedans....

— La bouche?

— Mais non, dans la lune, voyons!

— Je vais t'y faire aller, mignonne.

— Oh! quel bonheur! Comment, ma tante? Est-ce en chemin de fer?

— En imagination. Ecoute.

— Et mon histoire, ma tante? fit Bernard.

— Après, mon ami; permets-moi d'amuser un instant ta sœur.

— Volontiers, ma tante.

— J'étais en ce temps-là une petite fille, un peu sac à diable,

comme disait mon père. Ne pouvant se consoler de n'avoir
pas encore de fils, il m'avait élevée comme si j'avais été ce
garçon tant désiré.

Je l'accompagnais à la pêche, à la chasse, à la course, au
grand désespoir de ma mère. Heureusement pour mon éducation qu'un fils — votre papa, mes enfants — vint enfin com-
bler les vœux de mon père, qui me laissa alors aux soins en-
tiers de ma mère. « Chacun sa part, » avait-il dit.

Mon caractère, au doux contact de ma mère, avait subi une
heureuse transformation; mais j'avais gardé le goût des aventures et je n'attendais que le moment de le satisfaire, ne fût-
ce qu'une fois.

C'était un jour de grande fête publique; une foule de diver-
tissements avaient été préparés sur la place; entre autres
attractions, on devait lancer un ballon.

Mon père était en voyage; ma mère était souffrante et ne
voulait pas mener mon jeune frère dans la foule. La tête ap-
puyée contre la vitre, je regardais passer les promeneurs d'un
œil d'envie : j'aurais tant voulu voir lancer le ballon !

Ma mère devina mon désir et chargea la bonne de m'accom-
pagner, non sans lui avoir fait une foule de recommandations.
Nous hâtons le pas, car la bonne avait envie, elle aussi, de
voir la fête; nous arrivons bientôt sur la place.

Le ballon, mon objectif, était déjà gonflé; il se balançait
légèrement à droite, impatient de s'élever dans les airs, cela
se devinait.

Ma bonne se mit à causer avec une de ses payses et ne s'oc-

cupa plus de moi. J'en profitai pour m'approcher du ballon,
dans lequel plusieurs enfants étaient montés. Ils riaient tellement, que l'envie me prit de partager leur joie; profitant du
moment où le ballon était incliné de mon côté, je m'élançai
dedans. Ils étaient bien mal élevés ces enfants-là, et je fus
très satisfaite de voir l'aéronaute les prendre par le bras et les
faire descendre.

Je l'accompagnais à la pêche.

Il m'était venu une idée superbe : faire un voyage en ballon
jusqu'à la lune et aller voir par là ce qui s'y passe.... Je me
couchai au fond de la nacelle et me dérobai ainsi à la vue de
l'aéronaute. Pendant qu'il faisait ses derniers préparatifs, un
mauvais plaisant se mit à couper vivement les cordes retenant

le ballon, qui s'éleva dans les airs, aux applaudissements de la foule et au désespoir du pauvre aéronaute.

Lorsque je me vis dans les airs, j'oubliai mes projets et me pris à trembler de tous mes membres; mais peu à peu je me rassurai et me mis à examiner cette chose si nouvelle pour moi.

La ville n'apparaissait plus que comme un point noir dans lequel tout se trouvait confondu. Le ballon montait, montait avec une vitesse effrayante. Le jour touchait à sa fin, le soleil disparaissait à l'horizon. Enfin on aperçut la lune, objet de mes rêves.

Et le ballon montait, montait toujours. Soudain je ressentis un choc si violent et si imprévu, que je n'eus pas le temps de prendre mes précautions; je tombai de la nacelle, qui venait de se heurter à une comète dont la queue lançait des gerbes de feu semblables à un bouquet de feu d'artifice. Je fermai les yeux, croyant bien que ma dernière heure était arrivée. Crainte puérile, car je tombai bien doucement dans un hamac suspendu entre deux arbres.

Je restai un moment en admiration devant la végétation qui m'entourait. Les arbres étaient très élevés, touffus, au feuillage rose, aux fruits jaunes d'or. L'herbe était rose, émaillée de fleurettes jaunes; une foule d'insectes, gros et petits, sautaient et glissaient çà et là; dans l'air, d'énormes oiseaux chantaient et sifflaient en se poursuivant.

Tout cela me fit oublier un instant que je n'avais pas soupé; mais bientôt mon estomac cria famine, et je me demandai comment je pourrais bien faire pour le calmer.

Je pensai que les grosses pommes jaunes devaient être excellentes, et je m'apprêtais à essayer d'en atteindre lorsqu'un grand bruit frappa mes oreilles.

Le ballon montait, montait avec une vitesse effrayante.

Grâce à l'agilité que mon père m'avait fait acquérir, je grimpai à un arbre et atteignis bientôt la plus haute branche. J'aperçus une place où une foule de personnes étaient rassemblées; elles poussaient des cris en regardant en l'air. Je regardai aussi et je vis mon ballon qui achevait de se consumer.

— A quelque chose malheur est bon! me dis-je; quel que soit le sort qui m'attend ici, il est sans doute préférable à celui d'être brûlée vive! Et n'avais-je pas souhaité cette visite à la lune?

Les habitants ont une bien singulière figure dans ce pays-là. Ils ont des cheveux jaunes qui descendent jusqu'à leurs talons, un seul œil au milieu du front, un nez court, épaté; de chaque côté des joues, deux petits trous servant d'oreilles, comme en ont les oiseaux; un grand bec recourbé, pas de menton; un long cou, un long corps, et deux grandes ailes. J'avais d'abord craint que ces habitants de la lune ne fussent anthropophages; je me sentis rassurée à la vue de leur bec, ce qui excluait toute idée d'une dentition.

Je descendis de l'arbre et me dirigeai vers la place que j'avais aperçue. Je traversai plusieurs rues fort belles, bordées de maisons très hautes. Ces constructions étaient en pierres de diverses couleurs, transparentes comme du verre, étincelantes comme des pierreries précieuses.

Tous les habitants sortaient des maisons pour me regarder et me suivre. J'arrivai, escortée de nombreux admirateurs, sur la grande place. Tous ces gens me faisaient le meilleur accueil possible; mais ils parlaient un langage que je ne pouvais comprendre et qui me fit déjà regretter mon arrivée dans la lune.

On me conduisit en grande pompe dans la demeure du roi du pays : je le devinai à la déférence que chacun lui témoignait. On servit un grand festin, qui se composait exclusive-

ment de graines de toutes sortes.... C'était fort convenable
pour tous ces gens à bec; mais pour moi qui me mourais de
faim, c'était désespérant.

J'essayai de leur faire comprendre, en leur montrant mes
dents, que ce genre de nourriture ne pouvait me convenir.
Cela eut pour résultat que chacun vint regarder et tâter l'une
après l'autre mes incisives, mes canines, et même mes mo-
laires, avec curiosité. C'était à qui entrerait ses doigts dans
ma bouche, me tirerait sur les lèvres, sur le nez, ce qui pro-
voquait chez les autres un cri de joie assourdissant, dans le
genre de celui du perroquet quand le temps est à la pluie.

La plaisanterie se prolongeant, la patience m'échappa, et je
mordis le doigt qui se trouvait dans la bouche à ce moment-
là. Je reçus en échange un coup de bec si violent sur le nez,
qu'il se sépara en deux; un vigoureux coup de poing l'aplatit
sur ma figure. Alors tous ces personnages m'entourèrent et
dansèrent une ronde joyeuse autour de moi; ce qui les empê-
cha d'entendre mes cris.

Je compris que le mieux que j'avais à faire était de danser
avec eux, et je me mis de la partie; ce qui me fit reconquérir
les sympathies que j'avais un instant perdues.

Quelle ne fut pas ma surprise, lorsque la nuit arriva, de
voir la ville entière éclairée à la lumière électrique! Ces êtres
moitié oiseaux travaillaient donc?

Le roi paraissait m'avoir prise en grande amitié; il me logea
dans son palais, où une superbe chambre m'avait été préparée. Quant à la nourriture, j'avais, pendant mes promenades,

découvert une montagne de sucre qui me rendit de grands
services. Je mangeai aussi des fruits qui étaient excellents,
des noix délicieuses et d'une grosseur énorme. Mais tout cela
ne me faisait pas oublier le pain, qu'il ne me semblait pas
tant aimer lorsque j'en avais à ma disposition. C'est ainsi
qu'on ne sent véritablement le prix d'une chose que lorsqu'on
en est privé.

Ce qui me fit beaucoup rire, ce fut la première fois que je
vis ces êtres étranges s'envoler dans les airs! Mais où je ne ris
plus, c'est lorsque l'un d'eux, me prenant dans ses longs bras,
me mit sur son dos pour me promener dans l'espace!... Je lui
serrai le cou à l'étouffer, et je ne pus me décider à ouvrir les
yeux.

Quel soupir de soulagement je poussai lorsque je sentis le
sol sous mes pieds! Si encore il avait eu l'idée de me recon-
duire sur la terre! Mais non, j'étais toujours dans la lune, où
je me mourais d'ennui.

Une autre fois, le roi me fit traverser la lune de part en part
dans un grand tube qui vous projetait d'un bout à l'autre en
quelques instants, et cela sans secousse, commodément. Il
me sembla avoir entendu parler de quelque chose comme cela
à mon père, et je pensai que les habitants de la lune, malgré
leur bec et leurs ailes, étaient plus avancés que les gens de
mon pays.

C'est comme pour le téléphone; j'avais entendu une fois à
Paris ce que l'un des amis de mon père, habitant le Havre,
lui disait par le téléphone de cette ville. Ils en avaient un aussi

ans la lune; il descendait jusqu'à la terre, dont il recueillait
es bruits de toutes sortes. Il y avait foule autour de l'appa-
eil, on ne pouvait avoir son tour. Je fis comprendre au roi
non désir d'écouter, moi aussi; il me fit approcher, et com-
nanda qu'on me livrât le tube.

J'allais enfin entendre la voix de mes semblables, une de
nes plus grandes privations, après celle de ne pas voir mes

Montagnes de la lune.

parents, cela va sans dire. Je mets donc le tube à mon oreille
et j'entends d'abord un roulement de voitures, un brouhaha
indescriptible.

Je change le tube de direction, j'entends aboyer un chien,
beugler des vaches, glousser des poules, chanter des oiseaux....

Soudain une voix qui m'est connue, une voix chère à mon
cœur, se fait entendre.

— C'est singulier, disait cette voix, est-elle malade?

— J'espère que non, répondit-on; vois, sa figure n'est pas fiévreuse, elle est calme. Elle se sera ennuyée, la pauvre petite; je ne pouvais pas m'occuper d'elle.... Tu devrais bien aller la promener à la fête.

— Bien volontiers. Gervaise! Gervaise!

Je me sentis secouer, le tube me tomba des mains, et je promenai autour de moi des regards stupéfaits.... J'étais à la maison, mon père me tenait la main et ma mère caressait ma chevelure. Je m'étais endormie sans m'en apercevoir; mon voyage dans la lune était un rêve.

— Oh! ma petite tante, dit Yvonne, que j'avais envie de rire lorsque tu nous as parlé des habitants de la lune! Mais je n'ai pas voulu t'interrompre.... Je peux rire à présent, dis?

— Oui, mon ange, ris, pour que je voie tes jolies petites dents blanches.

— Est-ce qu'ils sont comme tu viens de me le dire, les habitants de la lune?

— Les plus grands savants n'ont pas osé se prononcer sur ce point. Nous avons, il est vrai, de puissants télescopes; mais s'ils permettent d'apercevoir dans la lune des proéminences qui paraissent être des montagnes, c'est tout ce qu'ils nous ont révélé. La lune est-elle habitée? Voilà la question que l'on se fait encore aujourd'hui.

Toutefois, si ce globe a des habitants, ils ne sont pas organisés comme ceux qui vivent sur la terre, parce que la lune n'a pas d'atmosphère, c'est-à-dire qu'elle n'est pas, comme la terre,

ivironnée d'air respirable, et que l'air est absolument néces-
aire à la vie des hommes et des animaux. D'ailleurs, sans air,
n'y a ni pluie ni rosée ; pour cette raison, il ne peut y avoir de
égétation ; par conséquent, pas de nourriture pour les êtres
ivants. Et ce n'est pas tout; il doit régner dans la lune un
roid cruel, et, en admettant qu'on y puisse trouver du com-
ustible, on ne pourrait s'en servir ; car, sans air, il est impos-
ible d'avoir du feu.

— Dis-moi, ma tante, l'air est nécessaire à la production des
sons, n'est-ce pas? observa Robert.

— Oui, mon enfant.

— Alors, en admettant qu'il y ait des habitants dans la lune,
ils ne pourraient pas se faire entendre l'un à l'autre, ils ne
parleraient pas.

— C'est cela.

— Pourquoi, ma tante? demanda Yvonne.

— Pour apprendre à parler, il faut entendre les mots ; les
sons, si tu aimes mieux. C'est pour cela qu'un enfant qui naît
sourd est muet. Il ne peut en être autrement.

— Je comprends.

— Aucun bruit ne pouvant se faire entendre dans la lune,
ce serait le monde du silence.

— Je connais une petite fille qui ferait une drôle de figure
dans ce pays-là ! observa Bernard.

— Si Yvonne aime à babiller, c'est de son âge, et on ne doit
pas le lui reprocher, fit Robert.

— On ne peut pas rire avec toi, tu deviens d'un sérieux !...

— Vous n'êtes pas souvent d'accord, mes amis, c'est regrettable, interrompit tante Gervaise. Je crains que cela ne grandisse avec vous. Aimez-vous, croyez-moi ; la seule affection véritable est celle de la famille.

Ecoutez maintenant le récit que j'ai promis à Bernard.

C'était il y a trente ans environ. Mon père avait reçu la triste nouvelle de la maladie de sa vieille mère, qui habitait en Bohême. Il partit promptement, me laissant l'administration de la maison en son absence ; car ma pauvre mère était morte depuis plusieurs années.

J'avais vingt-cinq ans ; votre père, qui en avait quinze, était au lycée. La tâche n'était pas au-dessus de mes forces.

Il y a trente ans, mes enfants, il n'y avait pas de chemins de fer partout, comme à présent ; les voyages ne se faisaient donc pas aussi promptement, et mon père, craignant de ne pas arriver à temps pour assister aux derniers moments imminents de sa mère, résolut de ne se donner aucun repos avant d'être parvenu au terme de son voyage.

Arrivé à Prague, il lui restait encore soixante kilomètres à faire pour atteindre le domaine maternel.

C'était en plein hiver ; la neige couvrait la terre, et il faisait un froid intense. Mon père loua un traîneau, dont le conducteur, nommé Rosko, était un ancien chasseur. Enveloppés de fourrures, munis de provisions, ils se mirent en route, accompagnés du jeune fils de Rosko.

Ils atteignirent, à la fin du jour, la grande forêt qui séparait mon père de la maison maternelle, et qui s'étend à une grande

distance vers la Lithuanie pour se réunir aux immenses forêts
de ce pays.

La nuit succéda bientôt au crépuscule ; la neige avait cessé
de tomber. Il faisait un clair de lune superbe. La route qu'ils
suivaient était assez large pour que les arbres n'empêchassent

Enveloppés de fourrures, ils se mirent en route.

pas ses rayons de les éclairer ; mais la quantité de monticules
de neige et de glace avaient rendu les chemins très mauvais,
et les voyageurs ne pouvaient aller aussi vite qu'ils l'auraient
voulu, car cela fatiguait excessivement les chevaux.

Rosko, le conducteur, avait passé les guides à mon père pour
se reposer un instant ; il s'était endormi ; le silence n'était

interrompu que par le trot des chevaux et les ronflements du dormeur.

Il était près de minuit, et rien d'extraordinaire n'avait encore interrompu le voyage. Bien que le conducteur eût recommandé à mon père de ne le laisser dormir qu'une heure, il n'en avait rien fait : il était plongé dans ses pensées que rien ne pouvait distraire. Son cœur volait successivement de ses enfants, qu'il adorait, à sa mère mourante, qui l'attendait pour le bénir avant de quitter ce monde.

Soudain les chevaux montrèrent une inquiétude inaccoutumée ; ils respiraient avec difficulté et trottaient grand train, sans que la parole ni le fouet ne les y eussent engagés. Ils paraissaient effrayés, retournaient souvent la tête, semblant être poussés par une puissance inconnue à redoubler de vitesse.

Mon père se décida alors à réveiller Rosko, auquel il remit les guides. Ce dernier poussa un juron énergique et cingla les chevaux, qui ne parurent pas s'en apercevoir, tant ils étaient affolés.

L'ancien chasseur regarda plusieurs fois derrière lui avec grande attention et lâcha les rênes, abandonnant les chevaux à leur instinct.

— Qu'avez-vous ? lui demanda mon père. Vous paraissez partager l'inquiétude de vos bêtes. Est-ce que nous courons un danger ?

Rosko fit un signe de tête affirmatif.

— Lequel ? demanda mon père. Ne craignez pas de parler, je suis un homme !

Rosko le regarda longuement, et, après avoir réfléchi un instant, il lui dit :

— Je crains que les loups ne soient sur nos traces ; le froid les fait sortir des forêts, la faim nous les amène ; et nous sommes perdus si la vitesse de nos chevaux ne nous sauve. J'ai vu la mort sous de terribles formes, mais ni le bruit des batailles, ni les batteries meurtrières ne m'ont fait pâlir comme la perspective d'une attaque par ces carnassiers.

Mon père avait entendu parler de la ténacité et de la vélocité avec lesquelles les loups poursuivent leur proie, et il se représentait avec certitude que les forces des chevaux finiraient par être épuisées peut-être par la persévérance des loups, et qu'alors lui, le brave conducteur et son fils seraient leurs victimes.

Ils avaient chacun un couteau de chasse, un fusil et deux pistolets ; mais leur provision de munitions était petite et ne pouvait servir à abattre que quelques-uns de leurs persécuteurs, dont l'habitude est d'entreprendre par centaines leurs attaques nocturnes.

En attendant, le vieux chasseur pressait les chevaux de la voix, ce qui était inutile, car l'instinct de ces pauvres bêtes leur faisait comprendre le danger qui les menaçait.

Mon père regardait continuellement dans le lointain, écoutant, dans le silence de la nuit, le moindre bruit qui devait lui donner l'horrible certitude de son sort.

Rosko avait la vue et l'ouïe plus fines que lui ; tout à coup il s'écria :

— Ils viennent ! ils viennent !... N'entendez-vous pas leur

bruit et leur ronflement?... C'est le petit point qui s'avance là-bas, c'est un troupeau de plus de cent !...

Mon père reconnut bientôt ce que la vue de l'ancien chasseur avait découvert le premier : une énorme et sombre masse se mouvant d'une manière singulière. Elle approchait de plus en plus, elle semblait voler au-dessus de la plaine de neige; on ne pouvait se rendre compte de sa marche, et pourtant elle avançait tellement, qu'elle menaçait d'atteindre et de dépasser bientôt les chevaux, dont les forces commençaient à faiblir. Des sons sauvages et terribles perçaient la nuit; ils ressemblaient tantôt à un grognement, tantôt aux gémissements sourds et douloureux d'un homme en danger, et dont on veut empêcher les plaintes par la violence.

Déjà on distinguait les groupes séparés de ces monstres dévorants, déjà plusieurs précédaient la grande masse et s'approchaient à la distance d'une portée de fusil du traîneau. Mon père alors leva son arme et tira dans le tas. Il avait frappé le plus grand et le premier en tête des loups ; celui-ci tomba, et ses compagnons se précipitèrent sur son cadavre pour le manger.

— Ah! dit mon père avec satisfaction, voilà qui va nous sauver!

— Cela ne les arrêtera pas longtemps, murmura Rosko. Je les connais.... Ils ne vont pas tarder à être derrière nous, et nos chevaux succomberont.

On entendit bientôt, en effet, le bruit de la marche des fauves, et on distingua leur gueule altérée de sang.

Un second coup de fusil fit tomber le plus hardi.

Mon père espérait que, favorisés par les haltes répétées de ces animaux auprès des cadavres des leurs, ils pourraient atteindre les limites de la forêt ou quelque habitation. Mais, hélas ! ces calculs étaient mal fondés. Il ne fallut cette fois que quelques instants à ces monstres pour dévorer leur camarade. Les voyageurs eurent à peine le temps de recharger leur fusil, qu'ils étaient déjà revenus plus hardis encore !

— Nous avons beau faire ! dit Rosko avec découragement, bientôt les chevaux vont s'abattre, et nous serons perdus !

En effet, on remarquait déjà un ralentissement dans les efforts de ces pauvres animaux ; ils faisaient tout ce qui était en leur pouvoir, mais leurs forces s'épuisaient de plus en plus.

Déjà l'un d'eux s'était abattu et ne s'était relevé que par un effort désespéré.

Les voyageurs abattirent encore quelques loups ; mais rien n'arrêtait plus les autres dans leur course ; ils étaient maintenant tout à fait derrière le traîneau : on pouvait apercevoir leurs dents terribles, leur langue pendante et altérée, et leurs yeux qui jetaient des flammes. Et quelle quantité ! quelle troupe innombrable ! Les munitions étaient épuisées, et les voyageurs n'avaient plus, pour se défendre, que leur couteau de chasse et la crosse de leur fusil.

— Il nous reste encore une espérance, dit Rosko ; je me rappelle avoir vu dans ces parages une cabane de chasseurs ; elle ne doit pas être bien éloignée d'ici ; si nous pouvons parvenir à l'atteindre, nous sommes sauvés !

Tout à coup les voyageurs virent de chaque côté du traîneau

leurs ennemis acharnés, qui se mirent à flairer comme s'ils voulaient reconnaître avant d'oser attaquer. Alors, un des monstres, d'un bond terrible, s'élança sur le traîneau ; mais le couteau de Rosko l'atteignit, et il tomba au milieu de ses compagnons.

— Je vois la cabane! s'écria Rosko ; encore quelques instants, et nous sommes sauvés !

Il fouetta ses chevaux sans miséricorde ; les pauvres animaux firent un dernier effort : ils semblaient prévoir que c'était le dernier service qu'ils rendaient à leur maître et qu'ils devaient y mettre leurs dernières forces.

Mon père s'était levé, tenant la crosse de son fusil en l'air. Est-ce cette position menaçante qui arrêta un instant les persécuteurs? est-ce la course rapide des chevaux? Toujours est-il que les loups se tinrent pendant quelques instants à distance, ce qui fit gagner aux voyageurs une avance inappréciable dans leur situation.

Rosko poussa un cri de joie : ils étaient arrivés à la cabane, dont la porte était ouverte. Il arrêta avec force les chevaux, et tous trois sautèrent à terre.

Rosko, de deux coups de fouet, fit repartir les chevaux au galop : c'était le seul moyen de leur sauver la vie. Les voyageurs entrèrent ensuite dans la cabane ; ils fermèrent avec des verrous la forte porte de chêne. Il était temps !... Les loups étaient arrivés à la cabane, leurs hurlements se faisaient entendre avec rage ; ils sautaient contre la porte et essayaient de grimper contre la fenêtre.

Lorsqu'il avait fait partir les chevaux, Rosko avait eu la présence d'esprit d'arracher la lanterne allumée du traîneau et de l'apporter dans la cabane hospitalière ; ce qui permit aux voyageurs de l'examiner, ainsi que les objets qu'elle contenait. Ils ne virent que des murs nus de terre grasse. Un banc de pierre s'étendait le long d'un de ces murs ; dans un des coins se trouvait un peu de paille à moitié pourrie ; mais il y avait à côté un trésor inestimable pour eux : une quantité de bois suffisante pour les garantir, pendant vingt-quatre heures, contre le froid glacial.

Rosko ne perdit pas un moment de s'en servir, et bientôt un feu bienfaisant flamba au milieu de la cabane. La fumée montait vers le plafond et se perdait par une ouverture pratiquée dans le toit, comme cela se fait ordinairement dans les cabanes de chasseurs. Quelques gouttes d'une boisson spiritueuse achevèrent le bon effet produit par la chaleur du feu.

Tout en entendant hurler les loups, mon père, peu expérimenté, se félicitait de leur avoir échappé. Le vieux Rosko ne semblait pas partager sa satisfaction ; il jetait des regards sombres dans les flammes vacillantes, son front était soucieux, et de temps en temps il secouait la tête. Tout à coup un cri perçant se fit entendre dehors ; la force de ce cri montrait que ce n'était pas une voix d'homme qui l'avait poussé ; l'horrible plainte qu'il renfermait serra le cœur des réfugiés. Rosko leva la tête et dit :

— Ce cri nous annonce, monsieur, la mort de l'un de nos chevaux. J'ai souvent entendu ce cri sur le champ de bataille, il n'appartient qu'aux chevaux jeunes et forts qui combattent jusqu'aux derniers moments avec des efforts inouïs contre la mort. Il est certain que mes pauvres bêtes sont devenues la proie des loups ; ce qui explique leur petit nombre autour de la cabane. Bientôt ils reviendront plus affamés, plus sanguinaires qu'auparavant !...

Le vieux chasseur avait dit la vérité ; ils recommencèrent bientôt leurs attaques contre la cabane ; leur fureur semblait avoir augmenté ; ils essayaient de grimper le long des murs pour arriver au toit.

Les malheureux étaient dans une horrible attente, les yeux fixés sur l'ouverture du toit par laquelle, lorsque le vent écartait la fumée, on distinguait le ciel brillant d'étoiles. Bientôt ils aperçurent quatre têtes, avec les gueules encore écumantes de sang, à travers la fumée ; ces effroyables têtes ressemblaient à des monstres fabuleux.

Mon père était accablé, ainsi que le jeune homme. Rosko avait gardé sa présence d'esprit ; il jeta un fagot dans la flamme.

— Nous n'avons rien à craindre de ceux-ci, dit-il ; ils ont peur du feu, ils en sont aveuglés et ne nous distinguent pas.

Mais tout à coup un craquement horrible se fit entendre ; trois des monstres disparurent au moment où la partie de la toiture qui n'était qu'en bois s'était cassée sous le quatrième, qui tomba au milieu du feu.

— Retirez-vous, s'écria le vieux Rosko, voici une cartouche, ma dernière.... Vite, tirez, et que votre coup soit sûr !...

Mon père tira et blessa l'animal, que Rosko acheva avec la crosse de son fusil. Puis il retira le cadavre du feu et le poussa dans un coin.

— C'est probablement le seul essai de ce genre que nous aurons à craindre dans le courant de cette nuit, dit Rosko; mais le jour nous amènera plus de ces hôtes que nous ne pour- rons en tuer....

Mon père avait espéré qu'avec l'aurore les loups quitteraient leur retraite, pour se retirer dans l'épaisseur des forêts. Ces paroles le consternèrent. Rosko avait deviné ce qui se passait en lui.

— Votre espérance est vaine, dit-il; là où les loups se ras- semblent en si grand nombre, ils ne craignent pas la lumière du jour. Et quand cela serait, nos chevaux sont morts; nous ne pourrions atteindre avant la nuit prochaine la limite de la forêt, les loups sauraient bien nous retrouver! Tant que notre provision de bois durera, notre feu nous préservera d'une attaque d'en haut; cependant, de jour, la flamme ne fait pas une impression si forte sur les fauves. Il nous faut rassembler tout notre courage, toutes nos forces, pour les événements prochains, pour défendre notre vie jusqu'au dernier moment. Mais tout cela ne servira à rien!

Le vieux chasseur baissa la tête, et mon père, accroupi, comme le jeune Rosko, auprès du feu, laissa échapper des lamentations. Ce n'était pas à lui qu'il pensait, le courageux homme, mais à nous, ses enfants adorés, qu'il ne reverrait plus.

Les heures s'écoulèrent avec lenteur et anxiété. Le vieux Rosko continuait silencieusement à entretenir le feu. Il avait raison, aucun des animaux ne se fit voir à l'ouverture du toit; mais leurs grattements contre la porte, leurs hurlements continuèrent toute la nuit.

Avant que Rosko eût fait connaître à mon père les habitudes des loups, il appelait le jour de tous ses vœux. Maintenant il désirait que la nuit fût sans fin! Vœux insensés; car qu'auraient-ils obtenu par là, si ce n'est la mort lente de la famine, au lieu de celle qui leur était réservée par la gueule des loups!

Les étoiles commencèrent à pâlir et le jour redouté parut. Le moment où les prédictions de Rosko devaient s'accomplir approchait. Les monstres, encouragés par le grand jour, montèrent jusqu'à vingt sur le toit, qui était sur le point d'être écrasé sous leur poids.

Dans cette extrémité, quand tout espoir de salut semblait perdu, ils entendirent partir de nombreux coups de fusil; des cris de chasse et des aboiements de chiens frappèrent leurs oreilles. Les loups se précipitèrent en bas du toit et s'éloignèrent en poussant des hurlements affreux.

Rosko ouvrit la porte avec précaution et s'écria avec joie :

— Les loups sont déjà loin, et voici les chasseurs qui sortent de la forêt.

Qui pourrait dépeindre ce moment de joie? Les trois hommes étaient ivres de bonheur. Ils se précipitèrent dans les bras l'un de l'autre et s'embrassèrent avec effusion. Puis ils sortirent de la cabane où ils avaient été bien près de trouver la mort, et se dirigèrent vers les chasseurs, qui les avaient sauvés par leur intervention inattendue, et les remercièrent chaleureusement.

Mon père reconnut parmi eux plusieurs propriétaires et paysans. Ils lui racontèrent qu'ayant appris qu'un grand

Ils entendirent partir de nombreux coups de fusil.

troupeau de loups, descendus des immenses forêts de la Lithuanie, remplissaient les alentours de terreur, et que plusieurs malheurs étaient arrivés, ils s'étaient réunis pour les combattre.

— Et ton père est-il arrivé en temps auprès de sa mère? demanda Robert.

— Quelques heures trop tard.

— Ma tante, es-tu sûre qu'il n'y ait pas de loups dans ton jardin?

— Je puis te le certifier, mignonne.

— Il me semble pourtant que je vois des yeux là-bas!

— Moi aussi, j'en vois; ce sont ceux de Minet, qui fait le guet. Attends, je vais l'appeler : Minet! Minet!

— C'est lui! c'est lui, ma tante! entends-tu ses ronrons? Ah! j'ai eu peur tout de même!...

— Je te croyais exempte de cette faiblesse, petite sœur, observa Bernard.

— Je n'ai pas peur de l'obscurité, moi, monsieur!... J'ai peur des loups seulement....

— Je n'ai pas peur des loups, moi, mademoiselle.... J'ai peur, non, j'avais peur de l'obscurité seulement.

— Tu deviens brave, Bernard, j'en conviens. Yvonne fera comme toi plus tard, ne discutez plus.

— Elle est belle, ton histoire, ma tante, repartit Bernard, elle est effrayante et m'a fait courir le frisson, ce qui ne m'empêche pas d'aimer encore les voyages, car on ne rencontre pas des loups partout.

— S'il n'y a pas ce danger-là, il y en a d'autres, ne fût-ce que les accidents de chemins de fer. Tu vois bien qu'il faut en tout et partout de l'énergie.

— J'en aurai, ma tante, tu verras.

— Puisque tu veux être pâtissier, tu n'auras pas besoin d'énergie pour faire des galettes....

— Ni pour les manger, ajouta Robert.

— J'ai dit cela sans réflexion, pour plaisanter; vous prenez ut au pied de la lettre, vous autres. Je serai chasseur, voilà!

— Tu nous feras manger de ta chasse, au moins?

— Bien sûr! mais je t'avertis que la première perdrix que tuerai sera pour ma tante, qui les aime tant. Toi, je te des- ne le premier lièvre que j'abattrai.

— Moi, fit Yvonne, je retiens une peau de renard pour me ire une descente de lit. C'est convenu?

— Bien sûr.... Mais non, j'aime mieux te donner une peau 'ours, c'est plus grand!

— Je n'en veux pas de ta peau d'ours; j'aime mieux une eau de tigre alors.

— Va pour une peau de tigre....

— C'est cela, tu monteras ta famille de pelleteries de toutes ortes, dit tante Gervaise.

— Je te donnerai des peaux de singes pour faire un tapis our ton salon; une des amies de maman en a un comme cela, 'est superbe!

— Tu comprends que je ne puis te remercier d'avance, n'est- e pas? Il est tard, mes enfants, allons nous coucher.

III.

Le père Court-Toujours.

— Tu vas être contente de moi, ma tante, et papa, lorsqu'il me reverra, ne me reconnaîtra plus, dit Bernard. Depuis
huit jours que le mauvais temps nous a empêchés de venir
écouter tes histoires sous les clématites, les soirées m'ont
paru longues.... Tu as eu pourtant la bonté de nous acheter
des livres fort intéressants, mais cela n'a pas l'attrait de nos
petites conversations.

— Alors l'obscurité ne te fait plus peur? fit Yvonne.

— J'y trouve, au contraire, quelque chose de mystérieux
fort attrayant.

— Pour peu que cela dure, on fera de toi un poète, reprit
Robert.

— Pourquoi pas?

— J'ai lu quelque part que la bourse s'emplit rarement avec des chansons, remarqua Robert.

— Je n'aurai pas besoin de m'occuper des questions d'argent.... Nos parents sont riches, n'est-ce pas, ma tante?

— Oui, mon enfant.

— J'en doutais parfois.... Je suis bien content que tu me l'affirmes; car tu le sais, toi!

— En quoi cela peut-il te faire tant de plaisir?

— Mais.... c'est parce que je n'aurai pas besoin de me mettre en peine de travailler. Je pourrai chasser, voyager, m'amuser tout le temps.

— Vraiment!... As-tu remarqué tantôt le vieux rétameur qui est venu rapporter à Mélanie les casseroles qu'elle lui avait données à rétamer?

— C'est le bonhomme qu'elle appelle le père Court-Toujours?

— Précisément. Je t'ai aperçu en contemplation devant lui, et je puis te demander : Comment le trouves-tu?

— C'est un pauvre misérable qui fait compassion! Je lui aurais volontiers mis quelques sous dans la main, sans le regard presque fier qu'il m'a lancé en remarquant que je l'examinais.

— C'est un restant de dignité. Ecoute son histoire, et puisse-t-elle te profiter!

Le nom de père Court-Toujours est un sobriquet que l'on a donné au pauvre homme et que peut-être il s'est donné lui-même pour cacher son véritable nom. Dans tous les cas, le surnom est bien trouvé, car le bonhomme est, malgré ses soixante ans passés, d'une activité à faire rougir de plus jeunes que lui.

Le père Court-Toujours s'appelle de son vrai nom Marius Desbruyères. Son père, avocat distingué, possédait une grande fortune. La mère de Marius était morte en lui donnant le jour, et son père, fidèle au culte qu'il avait voué à sa tendre épouse, avait juré de ne pas se remarier.

Il avait donné d'abord une vieille gouvernante à son fils, afin qu'il ne fût pas privé de ces caresses de mère dont les enfants ont tant besoin. En effet, la vieille Véronique, qui était depuis trente ans dans la famille, chérissait Marius comme la plus tendre des mères.

Quand l'âge vint de faire instruire son fils, M. Desbruyères, ne voulant pas s'en séparer, lui donna un précepteur. Marius était doué des plus heureuses dispositions, mais elles étaient paralysées par une paresse incurable. Malgré la faiblesse que M. Desbruyères avait pour lui, après les plaintes réitérées de son précepteur, il se décida à lui faire quelques observations.

— Que l'on me donne un domestique et une grosse bourse, lui répondit Marius, et pas de leçons, pas de travail.... Je serai bien heureux! D'ailleurs, lorsqu'on est riche, il n'est pas besoin de se fatiguer à tel ou tel labeur!

— La vie n'est pas ce qu'elle te paraît, une partie de plaisir continuelle; non, mon enfant; au contraire, c'est chose sérieuse. Heureux sont ceux qui, de bonne heure, s'habituent à envisager toutes les difficultés et qui s'efforcent, par l'étude et le travail, de vaincre les obstacles qui se présentent inévitablement dans l'avenir. Etudie donc, cher enfant; le jeu et le plaisir ne doivent être qu'un délassement, et non une occupation. Considère le travail non seulement comme la chose la plus naturelle du monde, mais encore comme une chose nécessaire, salutaire à notre individu. Tu es trop jeune pour que je te développe des théories et un raisonnement que tu n'apprécierais pas; mais enfin, pénètre-toi bien de cette idée que nous ne sommes pas dans le monde sans avoir un but à atteindre, une tâche à remplir. Si donc tu essayais de te soustraire à la loi immuable du travail, tu subirais un jour, sois-en certain, les fâcheuses conséquences de ta révolte.

Marius parut se rendre aux conseils de son père; mais ses bonnes résolutions furent de courte durée.

C'est ainsi qu'il atteignit sa vingt et unième année, ne connaissant qu'une chose : le plaisir.

M. Desbruyères, miné par le chagrin et une maladie de cœur dont il souffrait depuis dix ans, mourut subitement, sans avoir pris envers son fils prodigue les sages mesures que nécessitait sa conduite.

Marius, maître de ses biens, mena la vie à grandes guides; il devint joueur et débauché, de façon que, en moins de dix années, il ne lui resta pas une obole de l'héritage paternel. Il ne possédait même pas un abri, car il avait vendu jusqu'à la demeure où il était né, où son père était mort!

— Bah! se dit-il, à quoi bon me tourmenter? N'ai-je pas

des amis? Ils m'ont aidé à manger mon bien, ils ne me laisse
ront pas dans l'embarras!

Quelle erreur était la sienne! Le sachant ruiné, ses compagnons de plaisir s'enfuirent comme une nichée de moineaux
effarouchés!

— Hé! mon cher, lui disait-on de toutes parts, travaille!

Il le fallait bien, il est des nécessités qu'on ne peut faire
taire.

Après bien des démarches, il entra chez un notaire aux appointements de 1,200 fr. Qu'était-ce pour un homme qui ne
connaissait pas la valeur de l'argent?

Dès qu'il eut touché son premier mois, il courut les tripots,
où il laissa ses quelques sous; et comme il n'avait payé ni son
propriétaire, ni son restaurateur, il fut mis à la porte. Les
plaintes arrivant de toutes parts chez son patron, et son
inexactitude aidant, il fut congédié.

Il trouva quelques exploits à faire pour un huissier; mais
cela ne fut que passager. Et maintenant que son unique habit
était râpé, ses souliers éculés, il était éconduit partout.
N'ayant qu'une instruction superficielle, ayant le travail en
horreur, il ne pouvait espérer se créer une position dans le
monde; il le comprenait maintenant, mais il était trop tard.
Il en fut réduit à ouvrir les portières des voitures aux abords
des théâtres et à ramasser les bouts de cigares! Alors il résolut d'en finir avec la vie. Il sortit de la ville, s'enfonça dans
un bois, et se pendit à une branche d'arbre.

Un vieux rétameur faisait son somme à quelques pas de là;

ce bruit de branches l'éveilla ; il ouvrit les yeux, regarda autour de lui, et aperçut le corps de Marius s'agitant dans l'espace. Bondir jusqu'à lui, couper la corde fut l'affaire d'un
instant. En donnant au désespéré tous les soins nécessaires
pour le rappeler à la vie, le brave homme poussait des jurons

Étudie donc, cher enfant. Considère le travail
comme une chose nécessaire.

à faire frémir. Enfin, Marius ouvrit les yeux, il était sauvé.
Après un sommeil bienfaisant, il raconta au brave homme
une partie de sa vie.

— D'après ce que j'ai pu comprendre, lui dit ce dernier,

vous n'êtes pas propre à grand'chose ; voulez-vous m'aider ? Je me fais vieux, je laisserai bientôt mon petit métier pour me reposer ; alors, si cela vous sourit, vous me remplacerez ; je vous ferai faire la connaissance de ma clientèle, toutes bonnes maisons, je m'en vante !... et roule ta bosse !

Marius fit un haut-le-corps significatif.

— Oh ! dit le vieux, il n'y a pas de sot métier ! Vous savez le reste ?... Et puis, après tout, comme vous voudrez.

Cependant la raison fut plus forte que la répugnance, Marius accepta. Il suivit le vieux à travers les villes et les villages, portant à son dos le panier rempli de casseroles, de cuillers et de fourchettes, criant, comme s'il n'avait fait que cela toute sa vie :

— Rétameur ! voilà le rétameur ! Faites rétamer les cuillers et les fourchettes !

Et le vieux répétait comme un écho lointain : « ..... tameur !... chettes ! »

Marius devint bientôt très habile dans le métier ; et lorsque le vieux vint à mourir, il lui légua ses petites économies et son fonds, car il avait monté une petite boutique sur la place du Marché de ce village.

Marius est devenu aussi avare qu'il avait été prodigue dans sa jeunesse ; il travaille sans trêve ni merci ; il a conservé une journée par semaine pour courir les environs à la recherche de l'ouvrage, c'est ce qui lui a sans doute valu son surnom.

— Comment as-tu appris son histoire, ma tante ? demanda Yvonne.

— Par un de ses anciens amis avec lequel nous étions en relations, et qui l'a rencontré dans ce pays.

— Et cet ancien ami n'a pas cherché à lui être utile? dit Robert.

— Il est allé le voir à sa petite boutique, il l'a trouvé en train d'étamer ses casseroles. Marius a paru très sensible à ce souvenir d'un ami dont il avait eu le tort de mépriser les bons conseils, il lui a raconté ce qui lui était arrivé depuis sa ruine. « Je n'ai besoin de rien, dit-il en terminant; mon travail est plus que suffisant pour satisfaire mes besoins. Je n'ai qu'une ambition : mourir en paix. J'ai été un être inutile, je m'éteindrai dans l'isolement. Ne reviens pas me voir, le passé est mort pour moi; je ne veux rien qui me le rappelle. »

— Oh! ma tante, il ne faut donc compter sur personne ici-bas? observa Bernard.

— Il ne faut compter que sur soi-même, mon enfant.

— Ton histoire m'a tout bouleversé.... Il se passe en moi quelque chose que je ne puis définir.... Il me semble que j'ai au dos le panier du rétameur.... Je ne voudrais pas devenir un père Court-Toujours! non! non!... Si à l'avenir je mérite tes reproches, ma tante, ce ne sera que parce que je travaillerai trop, je te le promets.

— Viens m'embrasser, mon cher Bernard!... Ah! je le savais bien, moi, que tu aimes trop ta famille pour vouloir lui donner, plus tard, le spectacle de ta déchéance!

— N'est-ce pas, frère, que tante est une vraie petite maman? fit Yvonne.

— Je la trouvais grondeuse ; j'étais un bien méchant garçon, en vérité !

— Souvenez-vous, mes petits amis, que, nous autres parents, nous avons des devoirs à remplir vis-à-vis des enfants qui nous sont confiés ; nous sommes comme le chirurgien qui ne peut redresser son malade qu'en le faisant souffrir.... J'aurais une foule de preuves à vous donner sur le bonheur que procure le travail, mais je ne veux pas abuser de votre attention ; écoutez cependant ces deux maximes de Franklin :

« I. — La faim regarde la porte de l'homme laborieux, mais n'ose pas l'ouvrir. Les commissaires et les huissiers la respectent également, car l'activité paye les dettes, la paresse les augmente. Vous n'avez besoin ni de trouver un trésor, ni d'hériter de riches parents : le travail est le père de la prospérité. »

« II. — Le travail est toujours pénible pour le paresseux ; il devient agréable à l'homme de cœur. Le travail amène à sa suite la santé du corps, le contentement du cœur, les aises, l'abondance et la considération. La paresse a pour cortège l'ennui, la pauvreté et tous les vices. »

— Dis-nous encore une petite histoire sur le travail, ma tante, afin que cela m'entre définitivement dans la tête, reprit Bernard.

— Je n'ai rien à te refuser : « Aide-toi, le ciel t'aidera. »

— Une petite charité, s'il vous plaît, pour l'amour de Dieu, répétait tout le jour, d'une voix piteuse, Ambroise le mendiant, accroupi, sale et déguenillé, au coin d'une porte.

Mon père m'avait inspiré, dès ma plus tendre enfance, une grande compassion pour les pauvres; aussi, chaque fois que j'apercevais le mendiant, je me hâtais d'aller déposer dans son chapeau quelque pièce de monnaie.

Me promenant un jour en compagnie de mon oncle, que je savais bon et généreux envers les pauvres, je lui désignai mon protégé, le priant de lui donner quelque chose, car ma bourse de petite fille était à sec.

Mon oncle aborda le mendiant, le regarda en face, et lui dit :

— Vous faites là un honteux métier. Si vous étiez vieux, malade, estropié, infirme, à la bonne heure! Mais bien portant, jeune et vigoureux comme vous l'êtes, il ne vous est pas permis de vivre en paresseux et de mendier. Au lieu de tendre ainsi la main à tout passant pour lui arracher une aumône qui ne vous est pas due, pourquoi ne vous mettez-vous pas à travailler? Le métier de mendiant doit faire honte à un homme de votre force et de votre âge! L'homme qui travaille paye sa vie et le fainéant la vole. Mon conseil vous vaudra mieux qu'une aumône, je l'espère.

Pendant tout le temps que mon oncle parla, Ambroise resta immobile comme une statue: il tenait les yeux baissés et paraissait réfléchir, mais il ne disait pas un mot.

Le lendemain et les jours suivants, je ne le trouvai plus à sa place. Je m'en informai à plusieurs personnes qui avaient l'habitude de le secourir, je ne pus savoir ce qu'il était devenu.

Quelques années après, mon oncle se rendit à une foire

pour acheter un cheval. Pendant qu'il était occupé à en examiner un qui lui plaisait beaucoup, un homme l'aborda en lui disant :

— Me reconnaissez-vous?

— Non, répondit mon oncle; je ne me souviens pas de vous avoir jamais vu.

— Vous avez devant vous le mendiant auquel vous avez refusé l'aumône il y a quelques années, lui donnant un conseil qu'il a suivi.

— Quoi! s'écria mon oncle, vous êtes Ambroise le mendiant! Je ne vous aurais jamais reconnu sous ce costume.

— C'est moi-même, monsieur, prêt à vous servir. « L'homme qui travaille paye sa vie et le fainéant la vole, » m'avez-vous dit. Cette phrase m'avait bouleversé au point que je résolus de suivre votre conseil. Mais que faire? Je ne savais aucun métier, je me mis à travailler la terre. Les commencements furent durs; mais peu à peu je pris goût au travail, de manière que cela devint un besoin pour moi. Mon maître, me voyant actif, courageux et honnête, me donna à loyer une petite maison. Je fis quelques épargnes, qui me permirent de louer une métairie plus importante. Aujourd'hui, je suis à la tête d'une ferme, pas des plus grosses, il est vrai, mais bien cultivée et où le bétail ne manque pas. Je me suis marié, j'ai des enfants; je leur laisserai un nom honorable et le goût du travail.

Ici se termine mon récit; il est court, mais il a le mérite d'être l'expression de la vérité.

Maintenant, mes chéris, pour clore la soirée, je vais vous

annoncer une bien heureuse nouvelle. Le médecin a permis
à votre mère d'aller passer sa convalescence à la campagne.
Elle arrivera donc le plus tôt possible, car elle a hâte de vous
presser sur son cœur. Préparez-vous à cette joie, dont je n'ai
pas voulu vous faire une surprise, dans la crainte que cette
impression ne vous fît du mal.

Aujourd'hui je suis à la tête d'une ferme bien cultivée et où
le bétail ne manque pas.

— Comme mon cœur bat!... fit Robert. Mais il ne faut pas
que la joie nous fasse négliger les préparatifs pour recevoir
dignement notre mère! Qu'est-ce que tu décides, Bernard?

— Ma bourse est bien garnie, j'achèterai des fusées, des

soleils, des pièces montées, et nous tirerons un feu d'artifice splendide.

— L'idée est bonne. Moi, j'achèterai des feux de Bengale, et nous les ferons brûler sous les clématites où nous avons passé de si agréables soirées. Nous nous grouperons comme nous en avons l'habitude; ce sera charmant!

— Moi, ajouta Yvonne, je cueillerai des fleurs, et des plus belles, ma tante le voudra bien, et je ferai une grande guirlande pour nous enlacer tous avec papa et maman. Je ferai une couronne pour cette petite mère, et des bouquets pour tout le monde.

— Et un compliment, qui est-ce qui le fera et le récitera? demanda Bernard.

— Toi, Bernard.

— C'est que je ne suis pas aussi savant que toi, mon frère! Enfin, je lui dirai tout simplement ce que je pense.

— Voyons, dis-le, fit Yvonne.

— « Mère chérie, tes enfants sont bien heureux de te revoir, car ils avaient bien du chagrin d'être séparés de toi par la maladie. J'espère que tu vas me trouver changé en bien; c'est grâce à notre tante, qui s'est donné beaucoup de mal pour me corriger. Nous avons trouvé en elle une seconde mère, et n'en sois pas jalouse, nous l'aimons de tout notre cœur! »

— Et moi, ajouta tante Gervaise, je lui dirai : « Vos enfants, ma sœur, sont des anges; ils ont fait vibrer en moi un sentiment que je ne connaissais pas : l'amour maternel. Leur séjour près de moi a apporté la joie et la gaieté, depuis longtemps bannies du logis.... Et lorsque vous les emmènerez, vous emporterez mon vieux cœur avec eux!»

Depuis quelques instants, Yvonne, les yeux fixés au loin, suivait du regard deux ombres qui semblaient s'avancer vers le berceau. Elle se serra contre sa tante, et passa câlinement, comme elle en avait l'habitude, ses deux bras autour de son cou, mais sans perdre de vue les deux silhouettes qui s'avançaient toujours et si légèrement, qu'elles semblaient glisser sur le sable des allées, silencieux sous leurs pas.

Aux dernières paroles de la tante Gervaise, une voix bien connue s'écria:

— Non, tu ne les quitteras pas, ces chers enfants qui sont devenus les tiens.... Gervaise, porte-les dans nos bras!

La joie ne tue pas. La convalescente supporta cette émotion sans préjudice pour son rétablissement. De telles scènes se devinent, se comprennent, mais ne s'écrivent pas.

La séparation douloureuse n'a pas eu lieu: la tante Gervaise habite pendant l'hiver chez son frère, et, à la belle saison, toute la famille s'établit chez la tante Gervaise. Le berceau de clématites n'est pas oublié, ainsi que les bonnes leçons qui y ont été données.

Avisez-vous de dire aujourd'hui à Bernard que l'on peut vivre sans travailler, et vous verrez ce qu'il vous répondra!

FIN.

TABLE.

Rouen. — Imp. MÉGARD et Cⁱᵉ, rue Saint-Hilaire, 138.

M. & Cie

ROUEN. — IMPRIMERIE MÉGARD ET Cie.

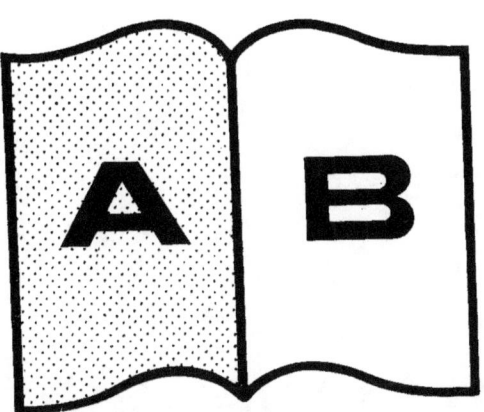

Contraste insuffisant

NF Z 43-120-14

www.ingramcontent.com/pod-product-compliance
Lightning Source LLC
Chambersburg PA
CBHW061444030726
47503CB00005B/1555